POLIANA

POLIANA

ELEANOR H. PORTER

TRADUÇÃO
Paulo Silveira

EDITORA
NOVA
FRONTEIRA

Título original: *Pollyanna*

Direitos de edição da obra em língua portuguesa no Brasil adquiridos pela Editora Nova Fronteira Participações S.A. Todos os direitos reservados. Nenhuma parte desta obra pode ser apropriada e estocada em sistema de banco de dados ou processo similar, em qualquer forma ou meio, seja eletrônico, de fotocópia, gravação etc., sem a permissão do detentor do copirraite.

Editora Nova Fronteira Participações S.A.
Rua Candelária, 60 — 7º andar — Centro — 20091-020
Rio de Janeiro — RJ — Brasil
Tel.: (21) 3882-8200

Imagem de capa: H. Armstrong RobertsClassicStock – GettyImages

---

Dados Internacionais de Catalogação na Publicação (CIP)

P844p   Porter, Eleanor H.

       Poliana / Eleanor H. Porter ; tradução Paulo Silveira. – Rio de Janeiro : Nova Fronteira, 2022.
       152 p. ; 12,5 x 18 cm ; (Clássicos para Todos)

       Título original: Pollyanna

       ISBN: 978-65-5640-450-9

       1. Literatura infantil. 2. Literatura americana. I. Silveira, Paulo. II. Título.

                                        CDD: 810
                                        CDU: 821.111(73)

André Queiroz – CRB-4/2242

Sumário

Capítulo 1: A senhora Paulina 7

Capítulo 2: O velho Tomás e Nancy 10

Capítulo 3: A chegada de Poliana 12

Capítulo 4: O quartinho 17

Capítulo 5: O jogo 22

Capítulo 6: A questão do dever 26

Capítulo 7: As punições da senhora Paulina 33

Capítulo 8: Poliana faz uma visita 37

Capítulo 9: O "Homem" 43

Capítulo 10: Uma surpresa para a senhora Snow 46

Capítulo 11: Jimmy, o "mendigo" 53

Capítulo 12: Na Auxiliadora Feminina 61

Capítulo 13: Na colina Pendleton 64

Capítulo 14: A geleia 69

Capítulo 15: O doutor Chilton 73

Capítulo 16: Rosa vermelha e xale de renda 80

Capítulo 17: "Tal como num livro" 85

Capítulo 18: Prisma 90

Capítulo 19: Surpresa 94

Capítulo 20: Mais surpresas 97

Capítulo 21: Um primeiro esclarecimento 101

Capítulo 22: Sermões e caixa de lenha 106

Capítulo 23: O acidente 111

Capítulo 24: John Pendleton 115

Capítulo 25: O jogo de esperar 121

Capítulo 26: Uma porta entreaberta 125

Capítulo 27: Duas visitas 128

Capítulo 28: O jogo e os jogadores 133

Capítulo 29: Pela janela aberta 141

Capítulo 30: Jimmy em cena 144

Capítulo 31: Um novo tio 147

Capítulo 32: Poliana escreve 148

Sobre a autora 150

Capítulo 1
A senhora Paulina

Paulina Harrington entrou apressada na cozinha, contrariando seus hábitos, pois não tinha pressa para nada. A nova empregada, Nancy, que lavava pratos, ouviu a patroa chamá-la:

— Nancy!

— Senhora! — respondeu a empregada, sem parar o trabalho.

— Nancy! — repetiu Paulina com voz severa. — Quando eu chamar, deixe tudo o que estiver fazendo e preste atenção.

— Desculpe, estava acabando de lavar a louça. A senhora mesma mandou que eu fizesse isso.

— Não quero explicações, mas atenção — replicou a patroa.

— Sim, senhora — disse Nancy, que jamais sabia o que fazer para agradá-la.

Nancy nunca havia trabalhado fora de casa, até o dia em que perdeu o pai. E, com a mãe doente, teve de se empregar para ajudá-la. Veio para a casa da senhora Paulina Harrington, herdeira de uma das mais ricas famílias da cidade. Em dois meses de convívio já conhecia o gênio da patroa: qualquer coisa a irritava e jamais se mostrava satisfeita, nem mesmo quando tudo corria bem.

— Quando acabar o serviço — disse Paulina —, limpe o quartinho do sótão. Arrume a cama, faça tudo com cuidado e não se esqueça de retirar as coisas e malas que estão lá.

— E onde ponho as malas?

— Lá mesmo no sótão, mas fora do quarto. — Depois de um instante, continuou: — Minha sobrinha, a senhorita Poliana Whittier, vem morar aqui. Tem 11 anos e ficará no quartinho.

— Vai ser ótimo! — exclamou Nancy, lembrando-se das irmãzinhas.

— É… talvez… — resmungou Paulina. — Não é bem o que penso… Mas, como dou importância a parentesco e sei cumprir minhas obrigações, tenho de fazer por ela o que for preciso.

— Sim, senhora — Nancy ficou meio sem graça. — A casa ficará mais alegre com a menina, a senhora vai gostar.

— Obrigada — disse secamente a patroa. — Não sinto muita necessidade disso...

— É claro que a senhora vai gostar da menina, sua sobrinha — disse Nancy, já pensando em criar um ambiente agradável para a mocinha que ia chegar.

— Ora! — resmungou Paulina. — Só porque minha irmã teve a triste ideia de se casar e pôr no mundo mais uma criatura, não há razão para que eu goste dela. Enfim, como conheço minhas obrigações... Agora, trate de arrumar o quarto, ouviu?

— Sim, senhora — respondeu Nancy, voltando ao serviço, enquanto Paulina, com arrogância, saía da cozinha.

Já no quarto, Paulina releu a carta que recebera dois dias antes e que tanto aborrecimento lhe causara:

Cara Senhora,
Sinto muito informá-la que o reverendo John Whittier morreu há duas semanas. Deixou uma menina de 11 anos e poucos livros. Como a senhora sabe, o reverendo era pastor de uma humilde paróquia e ganhava apenas o suficiente para o seu sustento e o da filha.

Como ele foi casado com sua irmã, já falecida, tomei a liberdade de consultá-la sobre a possibilidade de encarregar-se da educação da menina, ainda que as relações entre as duas famílias estejam estremecidas... Eis a razão desta carta.

A menina está pronta para viajar e, se a senhora estiver de acordo, gostaria de receber instruções o mais depressa possível. Conheço uma família que seguirá em breve para Boston e poderá levá-la, colocando-a depois no trem de Beldingsville. De qualquer modo, a senhora será avisada da partida e do trem em que Poliana seguirá.

Aguardando sua resposta, subscrevo-me atenciosamente,
Jeremias O. White

Paulina tornou a guardar a carta no envelope, com a testa franzida. Havia respondido a carta, concordando com a vinda da menina. Mesmo não gostando nada dessa situação, tinha de cumprir seu dever.

Lembrou-se de Joana, a irmã mais velha, mãe de Poliana. Joana tinha se casado com apenas vinte anos, contrariando a família. O marido era pastor, com muito entusiasmo pela missão e pouco dinheiro no bolso. Por ele, Joana desprezara um bom pretendente, com quem a família simpatizava: mais velho que ela, porém muito rico. Joana tanto teimou que acabou se casando com o pastor. Foram morar no Oeste, e passou a viver o dia a dia de uma esposa de missionário pobre.

Foi assim que as famílias cortaram relações. Paulina, a caçula das irmãs, se lembrava de tudo, apesar de ter apenas 15 anos na época. De vez em quando, recebia cartas do Oeste. Joana havia comunicado o nascimento de Poliana, batizada com este nome em homenagem às irmãs Paulina e Ana. Na última carta, contara como haviam morrido os outros filhos. Uma outra carta, enviada pelo pastor, anunciava que Joana morrera. E agora era o pastor que acabava de morrer, deixando Poliana. Olhando para o extenso vale, Paulina recordava acontecimentos daqueles 25 anos.

Pensativa, agora, com quarenta anos e... sozinha. Pais, irmãs e parentes já tinham falecido, tornando-a única herdeira da fortuna da família. Os amigos, com pena da solidão em que ela vivia, aconselhavam-na a arrumar uma companhia. Ela resistia, dizendo que gostava de ficar só. Agora, porém, a situação era outra.

Paulina assumiu um ar de decisão, os lábios comprimidos. Estava contente consigo mesma: era mulher de princípios morais rígidos, cumpridora de seus deveres, mesmo que fossem desagradáveis. Tinha bons sentimentos. Mas — Poliana! — que nome ridículo!

Capítulo 2
O velho Tomás e Nancy

O quartinho do sótão foi bem varrido e espanado, especialmente nos cantos. Nancy passava o pano molhado no assoalho, com muita força, não para tirar possíveis manchas, mas sim para espantar certas ideias que lhe ocorriam. Embora submissa, Nancy nada tinha de boba.

— Eu... — murmurava, esfregando o assoalho — também queria... varrer... os cantos de sua alma... — E, parando para descansar, continuava: — Deve ter muitos cantos precisando de limpeza. Que ideia! Deixar a menina num quartinho abafado e feio, quando há tantos quartos grandes e confortáveis no resto da casa. Imagine! "...trazer ao mundo mais uma criatura..." Essa é muito boa! Acredito que não tenha lugar que precise mais de um sorriso de criança do que esta casa.

Nancy se levantou, olhou em volta e achou o quartinho muito triste. Disse, franzindo o nariz:

— Já acabei. Não há mais poeira. Mas, coitada da menina, que lugar arrumaram para ela viver, sem mãe e longe da terra onde nasceu. — E saiu, batendo a porta sem querer. — Hum! — exclamou e, em seguida, erguendo os ombros, disse: — Pouco me importa! Bati a porta e pronto!

À tarde, foi ao jardim para conversar com o velho Tomás, jardineiro que trabalhava na casa havia muitos anos e que cuidava dos canteiros, lutando contra azedinhas e tiriricas.

— Já sabe da novidade? — perguntou ao velho Tomás, com ar de mistério. — Vamos ter uma menina morando aqui.

— O quê? — estranhou o velho, levantando-se depressa apesar das cãibras.

— Isso mesmo — insistiu Nancy. — É uma garotinha de 11 anos, filha da falecida irmã da senhora Paulina.

— Não pode ser! — resmungou o velho Tomás, e seus olhos azuis brilhavam de emoção: — A filhinha da senhora Joana, a única de seus filhos que sobreviveu... Até que eu gostaria de vê-la aqui...

— Quem era a senhora Joana? — perguntou Nancy.

— Um anjo que veio do céu. Pena que os pais dela não sabiam disso. Para eles, era apenas a filha mais velha. Tinha vinte anos quando se casou e foi embora. Todos os filhos da senhora Joana morreram, só essa menina escapou.

— Já fez 11 anos — disse Nancy.

— É... deve ter essa idade — concordou o jardineiro, balançando a cabeça como se estranhasse a velocidade com que o tempo passa.

— Sabe onde vai ficar? No quartinho do sótão. — Nancy olhou em volta com medo de ser ouvida.

— Que fará a senhora Paulina com uma criança em casa? — O velho Tomás fez uma careta, sorrindo em seguida.

— Quero saber é o que vai ser dessa criança com a senhora Paulina — observou Nancy.

— Você não gosta muito da patroa, não é? — E, retomando o trabalho, acrescentou: — É porque você não a conhece bem. Ela é humana. Sabe que já teve até um amor?

— A senhora Paulina?! — exclamou Nancy. — Essa, não! Não posso imaginar que a senhora Paulina foi amada um dia.

— Pois foi amada, sim, e muito. Por alguém que ainda mora na cidade — respondeu o velho.

— Alguém que eu conheço?

— Não posso dizer nada. — Tomás levantou-se, e Nancy viu estampada em seus olhos azuis a lealdade de uma vida inteira a serviço da família.

— Incrível! — insistiu Nancy. — A senhora Paulina com um namorado! Nossa!

— Você diz isso porque não conheceu a patroa como eu a conheci. Era linda, e ainda seria se não fosse...

— Linda? A senhora Paulina?

— Sim, se ela não usasse aquele cabelo esticado para trás e se usasse outros vestidos, você veria que ainda é bonita. E não é velha, não!

— Então sabe fingir. É uma artista...

— Talvez. Ficou assim depois que brigou com o namorado. Desde então, parece que se alimenta de serpentes. Ficou outra pessoa.

— Pois eu acho que ela sempre foi assim — disse Nancy. — Mesmo sendo o senhor quem me conta, não acredito que ela tenha alguma bondade no coração. Eu só trabalho aqui porque minha mãe está doente e precisa do dinheiro que ganho. Mas, logo que puder, vou-me embora e não ficarei com saudades. O senhor vai ver...

O velho Tomás fez um gesto com a cabeça.

— Eu sei. Já percebi isso, mas não será bom para você, vai se arrepender, acredite. — O velho curvou-se sobre as flores.

— Nancy! — gritou uma voz estridente.

— Estou indo, senhora! — respondeu Nancy, correndo em direção à casa.

Capítulo 3
A chegada de Poliana

Paulina segurava o telegrama anunciando a chegada de Poliana para aquele dia, 25 de junho, às quatro da tarde. Com expressão grave, foi até o quarto que mandara preparar para a sobrinha e passou a vistoriar tudo.

A pequena cama, bem-arrumada, duas cadeiras, um lavatório, um guarda-roupa sem espelho e uma mesinha, era tudo o que tinha nele. Nada de enfeites ou cortinas. Durante o dia, o sol o aquecia tanto que mais parecia um forno. As vidraças não tinham telas e estavam fechadas. Por isso, uma enorme mosca voava, batendo nas paredes, tentando sair. Paulina matou o inseto e, entreabrindo a janela, jogou-o fora. Mudou uma cadeira de lugar e saiu. Da porta da cozinha, advertiu Nancy:

— Há moscas no quarto da menina. Não quero as janelas abertas antes que coloquem as telas que encomendei, ouviu? Agora, apronte-se para ir à estação. Você vai com Timóteo, no carro pequeno. No telegrama está escrito que a menina é loura, usa vestido xadrez e chapéu de palha. É tudo, vá!

— Está bem. E a senhora?...

— Não preciso ir — respondeu a patroa, entendendo a insinuação.

Logo que ela se afastou, Nancy pôs o ferro de passar sobre um pano de pratos e resmungou:

— Como é que pode! Cabelos louros, vestido xadrez e chapéu de palha... É tudo o que sabe da pobre criança. E é sua única sobrinha, imaginem...

Mais tarde, no carro, Nancy e Timóteo, filho do velho Tomás, seguiam para a estação. Diziam que Timóteo era o braço direito do pai e o esquerdo da senhora Paulina. Era moço de caráter e bom gênio. Apesar de estar na casa havia pouco tempo, Nancy se dava bem com ele. Mas naquele dia, apesar da amizade que os ligava, Nancy permanecia calada, preocupada com a missão que lhe fora destinada.

O telegrama — "cabelos louros, vestido xadrez e chapéu de palha" — não lhe saía da cabeça, e ela se esforçava para imaginar como seria a menina.

— Espero que seja bem-educada, não jogue os talheres no chão e nem bata as portas — disse Nancy a Timóteo, quando chegaram à estação.

— Pobres de nós se ela não for comportada — disse Timóteo, logo acrescentando: — Depressa, Nancy! Lá vem o trem!

— Você não acha que ela devia ter vindo pessoalmente esperar a sobrinha, em vez de nos pedir isso? — perguntou Nancy, descendo do carro.

Lá estava a menina sardenta e magrinha, olhando de um lado para outro, desamparada, loura e vestindo xadrez. Nancy tremeu de emoção e, refeita do choque, dirigiu-se a ela:

— É a menina Poliana?

Antes de responder, a garota pulou ao seu pescoço, abraçando-a:

— Obrigada por ter vindo me esperar. Não imagina como estou feliz por ter vindo!

— É mesmo? — Nancy estava admirada.

— Claro! — disse a menina. — Durante a viagem fiquei imaginando como a senhora seria... — E olhava Nancy, curiosa: — Vejo que não me enganei!

Surpreendida com a explosão de Poliana, Nancy se sentiu aliviada ao ver que Timóteo se aproximava.

— Este é o Timóteo — apresentou. — Trouxe bagagem?

— Tenho uma mala novinha — respondeu Poliana. — A Auxiliadora Feminina me deu um presente, não foi gentil? Tenho na minha bolsa um papel que o senhor Gray me deu. Eu viajei com a família Gray. — E tirou da bolsinha o conhecimento emitido pela estrada de ferro.

Nancy olhou para Timóteo, de lado, era preciso tomar fôlego após aquela explicação, e todos se dirigiram para o carro. Poliana sentou-se entre os dois, deixando a mala na parte de trás, e voltou a fazer várias perguntas.

— Viva! Isto aqui é uma beleza. A casa é longe? Espero que sim, para andarmos bastante de carro. Se não for, não faz mal, chegamos mais cedo. Que rua linda! Eu sabia que era assim... Papai me contou.

Poliana parecia tomar fôlego; Nancy olhou para ela e viu que seus lábios tremiam e os olhos estavam rasos d'água. A emoção foi passageira, e a menina continuou, agora mais tranquila:

— Foi papai, sim. Ele nunca se esqueceu daqui. Ainda não expliquei por que estou com este vestido de xadrez vermelho em vez do preto. A senhora Gray disse que todos iriam estranhar. Acontece que na caixa de donativos da casa paroquial, além do veludo para fazer um casaco e que a mulher do dirigente da igreja achou que não era apropriado para mim, não havia outro pano preto. O veludo estava rasgado e cheio de manchas. Alguém da Auxiliadora Feminina quis comprar um vestido e um chapéu pretos para mim, mas os outros acharam que o dinheiro devia ser usado na compra de um tapete novo para a Igreja. E disseram que crianças não devem usar preto.

Nancy gaguejou, enquanto Poliana parava para respirar:

— E… eu acho que… parece…

— Já vi que pensa como eu — continuou Poliana. — De roupa preta ninguém pode se sentir alegre.

— Alegre? — quis saber Nancy, sem compreender.

— Isso mesmo. Papai não foi para o céu encontrar-se com mamãe e meus irmãozinhos? Antes de ir, ele me disse para ficar sempre alegre. Mas é difícil, sinto falta dele. Devia ter ficado comigo, já que não tenho mais nem mamãe nem meus irmãos. Bem, agora tenho a senhora, que é minha tia, e tudo será mais fácil. Estou contente por ter vindo.

A simpatia de Nancy pela menina transformou-se em terror:

— Não! Você não entendeu! Não sou sua tia Paulina.

A menina empalideceu e, arregalando os olhos, disse:

— Não é a titia?

— Já disse que não. Não podia imaginar que ia nos confundir. Nem pareço com sua tia.

Timóteo se divertia com a cena, piscando para Nancy.

— Quem é você? — perguntou Poliana. — Não se parece com as senhoras da Auxiliadora.

— Sou Nancy, a empregada — respondeu, enquanto Timóteo soltava uma gargalhada. — Só não lavo ou passo roupa pesada. O resto do serviço é comigo. Quem lava e passa é a senhora Durgin.

— Mas a tia Paulina existe? — a menina perguntou, ansiosa.

— Pode apostar que sim — respondeu Timóteo.

— Oh, então está tudo bem — disse Poliana. — Como é ela? Estou contente por ela não ter vindo me buscar, porque assim tive você e ao chegar terei ela, duas valem mais que uma.

Timóteo comentou com amabilidade, percebendo o constrangimento de Nancy:

— É uma boa mocinha. Por que não agradece a ela, Nancy?

— Estava distraída... pensando na senhora Paulina.

— Eu também. — Poliana parecia satisfeita. — Quero conhecer minha tia. Pena que não soubesse disso há mais tempo. Papai falava de uma casa bonita, numa colina com uma linda vista.

— Olhe lá, é a casa! — exclamou Nancy, apontando para o imponente casarão que começava a aparecer, ao longe, com suas grandes janelas verdes.

— É linda! Nunca vi gramados e jardins tão bonitos. E a tia Paulina, Nancy, é muito rica, não é?

— Puxa, se é!...

— Estou tão contente. Ter dinheiro deve ser maravilhoso. Eu nunca conheci gente rica. Quer dizer, os White tinham alguma coisa, falavam dos tapetes e tomavam sorvete aos domingos. Tem sorvete aos domingos na casa de tia Paulina?

Nancy olhou para Timóteo e balançou a cabeça negativamente:

— Não, Poliana. Sua tia não gosta de sorvetes. Pelo menos, nunca vi sorvetes naquela casa.

— Que pena! — disse a menina. — Bem, às vezes é bom não gostar de sorvete. E, não tomando sorvete, ninguém tem dor de estômago. Mas tapetes ela tem, não?

— Claro que sim.

— Em todos os quartos?

— Em quase todos — respondeu Nancy, pensando no feio e úmido quartinho do sótão.

— Isso é bom — disse Poliana, alegre. — Gosto muito de tapetes. Lá em casa tínhamos dois, um manchado de tinta. A senhora White gostava também de quadros na parede... um com meninas no jardim e outros com um leão e carneiros no pasto. Os bichos não estavam juntos, não! A Bíblia diz que um dia carneiros e leões podem ficar juntos, mas agora, não. Pelo menos na casa dos White. E você, Nancy, gosta de quadros na parede?

— Não sei...

— Eu gosto, só que lá em casa não havia nenhum. Entre os donativos que recebíamos, nunca apareciam quadros. Ou melhor, chegaram dois. Um, papai vendeu para comprar sapatos, e o outro era tão velho e a moldura de tão estragada se espatifou de repente no chão. O vidro quebra com facilidade, não é? Eu caí no choro. Mas até que foi bom não ter todos esses enfeites lá em casa. Vou apreciá-los melhor aqui, na casa da tia Paulina. A gente sempre gosta mais das coisas que não tem. O mesmo aconteceu com as fitas coloridas que vieram na caixa de donativos, depois daquelas desbotadas que eu tinha visto antes. Meu Deus! — E Poliana exclamou, com entusiasmo: — Que casa mais linda!

O carro tinha parado à entrada da mansão. E, enquanto Timóteo cuidava da mala, Nancy segredou-lhe ao ouvido:

— Não se fala mais em deixar o emprego, ouviu?

— Por nada deste mundo — disse ele, sorrindo. — Isto aqui vai ficar melhor que cinema.

— Cinema? — Nancy parecia indignada. — Vai ser muito difícil para ela conviver com a tia, isto sim! A menina precisa de amigos que a ajudem. Eu prometo que serei o seu refúgio contra as tristezas e desenganos que a esperam.

E acompanhou Poliana ao interior da casa.

Capítulo 4
O quartinho

Paulina Harrington nem se ergueu da cadeira para receber a sobrinha. A arrogante senhora olhou para a menina por cima do livro que lia e só estendeu a mão, como se a palavra dever estivesse escrita em cada dedo.

— Como vai, Poliana? Eu... — ela não disse mais nada, pois a menina havia corrido e a abraçava pelo pescoço.

— Oh, tia Paulina! A senhora nem pode imaginar como estou contente — Poliana soluçava. — Minha alegria é enorme. Contar com a senhora e Nancy, e tudo o mais, depois de tudo que passei...

— Está bem — disse a tia, livrando-se do abraço da menina e olhando com ar carrancudo para Nancy. — Acalme-se, fique em pé. Quero vê-la melhor.

Poliana deu um passo atrás, alvoroçada:

— A senhora não vai gostar das minhas sardas e deste vestido de xadrez. Tive que usá-lo, pois o de veludo estava manchado, quer dizer, o veludo que podia ser aproveitado. Nancy já sabe de tudo, eu contei.

— Não tem importância. Trouxe bagagens?

— Sim, tia Paulina. É uma mala novinha, presente da Auxiliadora. Tenho pouca coisa, entre os donativos enviados à paróquia não havia roupas para meninas... só livros... e a senhora White achou que eu devia trazê-los. Como a senhora sabe, papai...

— Poliana — interrompeu a tia. — Quero deixar bem claro que não suporto ouvir você falar do seu pai a todo instante.

Poliana estranhou o tom irritado com que a tia falava e ficou trêmula:

— Quer dizer, tia Paulina, que... não quer... — Não pôde concluir.

— Vamos ver seu quartinho, a mala já deve estar lá — disse Paulina. — Vamos, Poliana.

Calada, a menina subiu a escada sem conseguir conter as lágrimas. "Afinal de contas, devo me alegrar porque a titia não quer ouvir falar de meu pai. Será mais fácil. Talvez seja para ela não se comover." Pensava Poliana e assim convenceu-se da "bondade" da tia. As lágrimas, agora, eram de gratidão.

Paulina ia na frente, com a sua saia de seda fazendo fru-fru. Chegaram ao topo da escada e a menina viu um quarto atapetado e sob seus pés uma linda e macia passadeira. Pelas paredes, quadros de molduras douradas e cortinas rendadas refletiam a claridade do dia.

— Oh, tia Paulina! Que beleza! Como a senhora deve ser feliz no meio de tantas riquezas!

— Poliana — disse a tia, detendo-se. — Estou surpresa com sua maneira de falar!

— Por que, titia? — Poliana também parou, surpresa. — A senhora não é mesmo rica?

— Não, Poliana. É pecado uma pessoa se considerar rica só porque Deus quis assim. Não se deve cometer o pecado do orgulho de se considerar rica.

Paulina começou a admitir que tinha agido bem, acomodando a menina no quartinho do sótão. Sua primeira ideia tinha sido manter Poliana o mais longe possível de suas vistas e das peças valiosas que possuía. Agora, mais do que nunca, viu que acertara dando aquele quartinho nu, despido de qualquer coisa que pudesse alimentar vaidades na menina.

Poliana examinava tudo com interesse, não queria perder nenhum detalhe. Mas um a deixava ainda mais curiosa: em que ponto da casa estaria o seu quarto, o lindo quarto com que sonhara, de cortinas coloridas, tapetes e quadros emoldurados? De repente, uma porta se abriu e ali começava a estreita escada que levava ao sótão.

Seus olhos nada viram de deslumbrante. Nada de cortinas ou quadros, só paredes nuas e cantos escuros. O telhado não tinha forro e havia malas e cacarecos por todos os lados. O lugar era quente, quase não se podia respirar. Paulina parou diante de uma porta à direita, apontando:

— É o seu quarto, menina. Vamos ver a mala. A chave está com você?

A menina fez um gesto afirmativo, sem dizer nada. Tinha os olhos arregalados de espanto, o que chamou a atenção da tia:

— Quando pergunto algo prefiro que me respondam com palavras e não com gestos, ouviu?

— Sim, senhora, tia Paulina.

— Você tem aqui tudo de que precisa. Nancy, ajude na arrumação. E não se esqueça! O jantar é às seis em ponto. — E deixou o aposento.

Poliana ficou imóvel e, em silêncio, viu a tia sumir na direção da escada. Seus olhos atônitos percorriam tudo, até que viu a mala, a um canto, aquela mesma mala que tinha sido arrumada tão longe dali. E caiu de joelhos, abraçada a ela, escondendo o rosto entre as mãos. Nancy sentou-se ao seu lado:

— Pobre menina! Eu sabia que isso ia acontecer.

— Eu sou má, Nancy, muito má — soluçou Poliana. — Foi por isso que Deus levou todos e se esqueceu de mim. Os anjos precisavam de papai, mais do que de mim. Oh, Nancy...

— Pare com isso — disse Nancy, procurando confortá-la e enxugando sem jeito uma lágrima. — Onde está a chave? Vamos abrir a mala e deixar tudo nos lugares.

Poliana lhe entregou a chave e disse, fungando:

— Está bem... — e, de repente, deu um sorriso: — Ora, eu posso ficar alegre com isso, não posso?

Sem saber o que dizer, Nancy apenas concordou:

— É claro. — Suas rápidas mãos começaram a trabalhar.

Primeiro, saíram os livros, depois as poucas roupas. Poliana agora parecia feliz. Pendurava as roupas nos cabides e alinhava os livros sobre a mesinha. As peças menores eram guardadas na cômoda.

— Vai ficar tudo muito bonito, não é, Nancy?

A empregada não respondeu, ocupada com a mala. Parada em frente ao guarda-roupa, Poliana disse:

— Até prefiro que não tenha espelhos aqui. Assim não verei minhas sardas.

Nancy abafou um soluço e ouviu a menina:

— Olhe, Nancy, como é lindo lá embaixo. Ainda não tinha notado. A torre da igreja, as árvores e o rio brilhando como prata. Não preciso de quadros na parede, tenho uma linda vista à minha disposição. Foi bom a titia ter me dado este quarto.

Foi então que Nancy começou a chorar. Poliana, espantada, correu para abraçá-la:

— Que foi, Nancy? — a menina pensou que o quarto era da empregada e que a tia o havia tomado para acomodá-la. — Escute, Nancy! Você dormia neste quarto?

— Neste quarto?! — exclamou Nancy, em soluços. — Que um raio caia sobre mim, agora mesmo, se não estou vendo um anjo, e se alguém que conheço não é o diabo em forma de gente. Nossa! Que mundo malvado. — E desceu as escadas, apressadamente.

De novo sozinha, Poliana pôs-se a admirar, da janela, o "seu" quadro, que era como chamava a paisagem lá fora. Tentou abrir a janela e, depois de algum tempo, conseguiu. Debruçada no peitoril, aspirava o ar puro que vinha do jardim. Ao abrir a segunda janela, duas moscas entraram no quarto, mas a menina não ligou: estava maravilhada com a enorme árvore que acabara de descobrir. Os galhos, como braços imensos, pendiam para a janela. Poliana teve uma ideia e começou a sorrir. "Vou tentar agarrá-los", pensou. E puxou a ponta do galho mais próximo, escorregando por ele até a primeira forquilha do tronco: era mestra nisso. Olhou em volta e viu que estava nos fundos da casa. Na parte da frente havia um jardim e alguém trabalhava lá. Parecia um velho. Olhou além do jardim e percebeu um pequeno caminho que levava à colina. Lá no alto, um soberbo pinheiro rodeado de pedras. Como seria bom ir até lá!

Poliana correu, passou pelo velho sem ser notada e logo chegou à colina. As pedras lhe pareceram bem maiores. Começou a escalar a maior delas, pensando na distância que ainda faltava para atingir o cume.

Na mansão da tia, 15 minutos mais tarde, o relógio bateu seis horas. Na última badalada, Nancy anunciou a refeição.

Passou-se algum tempo, dois ou três minutos. De testa franzida, Paulina batia o pé, impaciente. Foi até a entrada e olhou para cima, impaciente. Em seguida, voltou para a mesa, chamando:

— Nancy, minha sobrinha está atrasada. Não, não a chame — percebeu que a empregada se preparava para chamar a menina. Não precisa chamá-la, deve aprender sozinha, já que sabia do horário. Pontualidade é coisa que não dispenso. Quando ela chegar, vai comer pão e leite na cozinha.

— Sim, senhora — respondeu Nancy, sem poder esconder uma careta que, felizmente, a patroa não viu. — Pão e leite — Nancy murmurava enquanto se dirigia ao sótão. — Só porque a coitadinha deve ter dormido de tão cansada. Que mundo! — abriu a porta e em seguida gritou: — Onde você está? Venha! — procurou-a por todos os cantos, até debaixo da cama, no guarda-roupa e, aos pulos, desceu a escada e foi ao jardim falar com o velho Tomás: — Viu a menina por aí? Deve ter voltado para o céu, de onde veio... meu Deus! Ela me mandou levar a menina para a cozinha e dar a ela só pão e leite para comer. Sou capaz de jurar que a esta hora aquele anjo deve estar saboreando o manjar dos deuses...

— Dos deuses? — estranhou o velho Tomás. — Olhe, Nancy, lá está ela, tentando subir ao céu. — E apontou para a colina.

— Ainda não foi desta vez, mas não demorará a ir — disse Nancy. — Se a patroa chamar, diga que fui dar uma volta. — E correu em direção à colina.

Capítulo 5
O jogo

— Poliana! — exclamou Nancy, ao chegar. — Você nos deu um susto!

— Desculpe, Nancy. Não precisa se preocupar. Papai e os amigos também ficavam desesperados, até que se habituaram. Descobriram que nunca me acontece nada.

— Não vi você sair — disse Nancy, ajudando-a a descer. — Nem eu, nem ninguém. Será que veio voando do sótão até aqui? Sou capaz de apostar...

— Isso mesmo, Nancy... eu voei. Da janela para a árvore.

— Como? De que maneira? — perguntou Nancy, sem compreender.

— Pela árvore, ora. Aquela que cresce junto à janela.

— Não é possível. Só queria ver a cara da patroa, se ouvisse o que você está dizendo.

— Pois eu vou contar a ela, logo que nos encontrarmos — respondeu Poliana com um sorriso.

— Pelo amor de Deus, não faça isso! — Nancy parecia apavorada.

— Será que ela vai responder como da outra vez, quando falei de papai?

— Não sei... mas não diga nada. E por mim pouco importa o que ela dirá — disse Nancy, atrapalhada mas decidida a impedir que Poliana fosse de novo repreendida. — Depressa, menina. Ainda tenho muito o que fazer na cozinha.

— Eu ajudo você — prometeu a menina.

— Nada disso, senhorita Poliana! Não é preciso.

Seguiram em silêncio. O céu escurecia cada vez mais depressa. Poliana segurou no braço da amiga:

— Sabe, Nancy? Estou contente porque você se preocupou comigo e veio me buscar.

— Coitada! Deve estar com fome. E vai ter de comer na cozinha. Pão e leite, sabe? Sua tia ficou zangada porque você não apareceu para o jantar.

— E como podia, se estava ali?

— Só que ela não sabia — respondeu Nancy, com vontade de rir. — Detesto pão com leite. E você?

— Adoro.
— É mesmo? E por quê?
— Porque sim — respondeu Poliana. — E vamos comer juntas, nós duas, está bem?
— Você é um bocado estranha, menina. Está sempre alegre com tudo e com todos — observou a empregada, lembrando-se do que acontecera no quartinho do sótão.
— Faz parte do jogo, entende? — A menina sorriu.
— Que jogo?
— O "jogo do contente", não conhece?
— Quem meteu isso na sua cabeça, meu bem?
— Foi meu pai. É um jogo lindo. Desde que eu era criança brincava disso. Depois ensinei às senhoras da Auxiliadora, e elas também gostaram.
— Como é que se joga? — quis saber Nancy. — Não entendo muito de jogos.
Poliana sorriu e, depois de um suspiro, disse:
— Tudo começou por causa de umas muletas que vieram na caixa de donativos para o missionário.
— Muletas? — admirou-se Nancy.
— Isso mesmo. Eu tinha pedido uma boneca a papai e, quando a caixa chegou, só havia dentro um par de muletas para criança. Foi assim que começou.
— E onde é que está o jogo?
— Bem, o jogo se resume em encontrar alegria, seja lá no que for — concluiu Poliana, séria. — Começamos com as muletinhas.
— E onde está a alegria? — estranhou Nancy. — Encontrar muletas em lugar de bonecas...
— É isso aí. — A menina bateu palmas de contente. — No começo também não entendi. Depois, com calma, papai me explicou tudo.
— Então, explique-me também.
— Fiquei alegre justamente porque não precisava de muletas — esclareceu Poliana. — Viu como é fácil?

— Ora, isso é bobagem! — exclamou Nancy.

— Nada de bobagem. O jogo é lindo. Desde aquele dia, quando acontece alguma coisa ruim, mais engraçado fica o jogo. Difícil foi quando papai morreu e eu fiquei sozinha com as senhoras da Auxiliadora...

— E quando viu aquele quartinho feio, sem tapetes, sem quadros, sem graça? Como foi? — perguntou Nancy.

— Foi duro. Eu me senti tão só! Naquela hora não tive vontade de "jogar". Só me lembrava do que eu tanto havia desejado. Depois, lembrei-me do espelho e das minhas sardas e fiquei alegre. E o "quadro" da janela me deixou mais contente ainda. Com um pouco de esforço, conseguimos gostar do que encontramos e esquecer o que queríamos achar...

— Hum! — resmungou Nancy.

— Às vezes não demora tanto — suspirou Poliana. — Começo logo o jogo, antes que alguma coisa aconteça. Nós jogávamos sempre, eu e pa... pai. Vai ser difícil achar quem queira jogar comigo, aqui. Quem sabe se tia Paulina?...

— Nossa Senhora! — exclamou Nancy. — Olhe aqui, menina. Não entendi nada desse jogo, mas me oferecerei para ser sua parceira, combinado?

— Obrigada, Nancy! Vai ser ótimo! Que bom...

— Não conte muito com isso — prosseguiu Nancy. — Mas, apesar de não ser boa jogadora, vou fazer o possível.

As duas ainda falavam disso quando entraram na cozinha. Poliana devorou o pão e bebeu o leite. Depois, a conselho de Nancy, foi procurar a tia na sala de estar. Paulina Harrington recebeu-a friamente:

— Poliana, lamento tê-la obrigado a comer na cozinha, logo no primeiro dia aqui em casa.

— Eu gostei, titia! Adoro pão com leite. Não se incomode, por favor.

— Está na hora de se deitar. — A arrogante senhora levantou-se da cadeira. — Você teve um dia trabalhoso e amanhã vamos reorganizar sua vida, ver do que precisa. Nancy deve ter uma vela e tenha cuidado para não deixá-la acesa. O café da manhã é às sete e meia. Boa noite!

Sem conseguir conter-se, Poliana aproximou-se da tia e lhe deu um abraço, exclamando:

— Passei o dia todo muito contente! Sei que a senhora vai gostar de mim... tenho quase certeza. Durma bem, tia Paulina. — E saiu alegre da sala, em direção ao sótão.

— Ora, vejam! — murmurou Paulina. — Essa menina é esquisita... Contente por ter sido castigada, contente por vir morar aqui, contente por tudo. É a primeira vez que vejo isso! — E voltou a mergulhar na leitura interrompida.

Quinze minutos mais tarde, já deitada, a menina soluçava sob os lençóis:

— Não posso, querido pai que está no céu, não posso jogar agora. A escuridão é horrível e o silêncio assusta. Se ao menos tia Paulina estivesse comigo, ou Nancy, ou as senhoras da Auxiliadora...

Na cozinha, lavando e esfregando a leiteira, Nancy falava sozinha:

— Se é possível ficar contente quando se recebe um par de muletas em vez de bonecas, eu também posso aprender esse jogo maluco. Aquela menina...

Capítulo 6
A questão do dever

Poliana acordou quase às sete horas na manhã seguinte. O sol já havia despontado, mas no quartinho do sótão, que dava para o Sul, via apenas o azul nevoento da manhã que prenunciava um belo dia.

Até aquela hora o sótão era fresco. Poliana acercou-se da janela para conversar com os pássaros que cantavam alegres e faziam do jardim um imenso viveiro. Ao ver a tia passeando entre os roseirais, vestiu-se depressa e correu para lá, descendo a escada de dois em dois degraus. Deixou aberta a porta do quarto.

Paulina dava ordens ao jardineiro quando a menina apareceu, radiante.

— Tia Paulina, a senhora não imagina como estou contente esta manhã...

— Poliana — disse a tia com ar severo —, essas não são maneiras de dar bom-dia! — repreendeu a menina com dureza.

— Eu entendo, titia. — Poliana tratou de conter o entusiasmo. — Não pude deixar de ficar alegre quando a vi, da minha janela. Fiquei alegre por ser a senhora e não alguém da Auxiliadora... Por isso corri e vim lhe dar um abraço.

Tomás se virou para não presenciar a cena e Paulina tentou franzir a testa, como sempre fazia. Dessa vez não conseguiu:

— Poliana, você... Escute, Tomás, estamos entendidos por ora sobre esta roseira. — E afastou-se rapidamente.

— Trabalha aqui no jardim, senhor... senhor Homem? — perguntou a menina.

O velho Tomás se voltou para ela, os olhos úmidos e um pouco trêmulo:

— Sou o jardineiro Tomás, empregado da família. — E, movido por irresistível impulso, pôs a mão calosa na cabecinha loura: — A menina se parece muito com a mãe... a senhora Joana. Conheci-a ainda pequena. Eu já era o jardineiro da casa.

— Conheceu mamãe? De verdade? Quando ela ainda não era anjo do céu? — Poliana dava a impressão de ter parado de respirar. — Por favor, senhor Tomás, fale-me dela! — implorou, sentando-se na beira do canteiro, junto ao velho.

A sineta chamando para a refeição soou e Nancy apareceu, correndo e gritando:

— Vamos, menina! O café vai ser servido! — E levou Poliana para casa, enquanto falava: — Toda vez que ouvir a sineta, corra para a sala de jantar. Se chegar atrasada, duvido que encontre algum motivo para ficar alegre, ouviu? — Pôs a menina para dentro, como quem enxota uma franguinha.

Ninguém falou nos primeiros instantes. A refeição prosseguia em silêncio até que, de repente, Paulina enrugou a testa; ouvia-se nitidamente o zumbido de moscas que voavam pela sala.

— Como é que essas moscas entraram aqui, Nancy?

— Não sei, senhora. Da cozinha é que não vieram — Nancy não sabia que a menina tinha deixado abertas as janelas do sótão.

— São minhas, titia — disse Poliana. — Tenho um monte delas, lá no quarto. Estavam voando alegremente, por causa do dia lindo.

Nancy sumiu em direção à cozinha. Apavorada, esqueceu-se de servir as broinhas que tinha trazido.

— Suas moscas? — perguntou a tia. — Que quer dizer com isso?

— Vieram de fora, titia. Vi quando entraram.

— Quer dizer que abriu as janelas do quarto?

— Sim, senhora. Como não há tela de arame nas janelas, as moscas entraram.

Nancy reapareceu com o prato de broinhas, esforçando-se para não rir.

— Nancy, deixe as broas e vá fechar as janelas do quarto da senhorita Poliana — disse a patroa com voz áspera. — Depois veja se há mais alguma. Mate todas, quero um serviço bem feito, ouviu? — E, voltando-se para a menina, acrescentou: — Já encomendei telas para as janelas do quarto, como era meu dever. Creio, porém, que você esqueceu o seu.

— Meu dever? — gaguejou Poliana, de olhos arregalados.

— Exatamente. Sei que está um pouco quente, mas as janelas têm de ficar fechadas até que cheguem as telas. Você precisa aprender que moscas são insetos imundos, que só causam males.

Depois do café vou lhe dar um folheto que fala do perigo que elas representam. Terá que lê-lo.

— Oh, tia Paulina! Adoro ler. Obrigada...

A senhora se mexeu, inquieta, mas nada disse. Poliana tratou de se desculpar:

— Sinto muito por ter esquecido meu dever, titia. Prometo nunca mais deixar as janelas abertas.

A tia permaneceu em silêncio e assim terminaram a refeição. Paulina levantou-se, foi até a estante e apanhou um folheto:

— É o folheto sobre as moscas. Vá para o quarto e leia-o. Dentro de meia hora vou subir para examinar suas roupas.

Ao folhear o livrinho, Poliana descobriu um desenho representando a cabeça de uma mosca ampliada.

— Obrigada, tia Paulina! — E correu, batendo a porta.

Paulina franziu a testa outra vez, parecia indecisa. Depois, a passos lentos, atravessou a sala e abriu a porta. Poliana já tinha subido a escadinha que levava ao sótão.

Meia hora mais tarde, cumprindo o prometido, Paulina foi ao quarto de Poliana, que a recebeu numa explosão de entusiasmo:

— Tia Paulina! Nunca li nada tão curioso! Nem sabia que as moscas eram tão perigosas...

— Está bem — disse a tia, secamente. — Agora, vamos às roupas. As que estiverem muito usadas mandarei para os Sullivan.

Poliana deixou o folheto sobre a mesa e foi até o guarda-roupa:

— Acho que a senhora não vai gostar das minhas roupas. Lá na Auxiliadora também não gostavam... achavam uma vergonha. É que na caixa de donativos só havia roupas de menino. A senhora já viu uma caixa de donativos? — O semblante da tia anunciava tempestade, e a menina achou melhor mudar de assunto: — Desculpe, titia. Esqueci que, sendo rica, a senhora não podia ter visto nenhuma. Às vezes esqueço que a senhora é rica... sabe?

Paulina parecia disposta a censurar a sobrinha, mas nenhum som escapou dos seus lábios. Indiferente ao efeito do que dissera, a menina continuou:

— Como dizia, era sempre a mesma coisa. Nas caixas nunca vinha o que a gente queria. Às vezes, para fazer o jogo do contente, tínhamos algumas dificuldades, eu e pap... — Poliana se calou e, lembrando-se do que a tia lhe dissera, escondeu a cabeça no armário, procurando seus pobres vestidos: — São feios e nenhum é preto. Estão todos aí.

Paulina examinava tudo — o amontoado de roupinhas velhas, de vários tamanhos, que dificilmente serviriam para a menina. Voltou-se para a cômoda e passou em revista as roupas brancas.

— Era o que havia de melhor — disse a menina. — Foi muita bondade das senhoras da Auxiliadora. E a senhora Jones, a presidente, disse que elas teriam que me dar um enxoval se não iriam se arrepender. Não irão se arrepender não, porque o senhor White não gosta de brigas, é muito corajoso, segundo sua mulher, ele também sabe ganhar dinheiro. Por isso esperam que ele dê um bom dinheiro para comprar o tapete. Ele tem dinheiro porque é corajoso, não é?

A tia não parecia escutar o que a menina dizia e indagou:

— Você estudava?

— Sim, na escola. E pa... quero dizer, também estudava em casa.

— Pois bem — disse Paulina, franzindo a testa —, quando chegar o outono, vai estudar numa escola perto daqui. O senhor Hall, o diretor, saberá em que classe colocá-la. Por enquanto, quero que leia para mim em voz alta, todos os dias, por meia hora.

— Gosto de ler, e, se a senhora não se importar, prefiro ler sozinha. Por causa das palavras difíceis, sabe?

— Compreendo. E, quanto à música, estudou alguma coisa?
— perguntou Paulina.

— Um pouco. Mas não gosto de ouvir a minha música, só a dos outros. Sempre escutava a senhora Gray tocar o órgão da igreja. Aprendi alguma coisa com ela, mas já esqueci quase tudo.

— Está bem — resmungou a tia, levantando as sobrancelhas.
— De qualquer modo, devo providenciar para que aprenda as primeiras notas. Sabe costurar?

— Costuro um pouco — respondeu Poliana. — As senhoras da Auxiliadora me ensinaram, cada uma a seu jeito. A senhora Jones me mostrou como se segura a agulha para casear; a senhora White achava que o alinhavo devia ser ensinado depois do ponto atrás; e a senhora Harriman não gostava que estivéssemos sempre remendando.

— Aqui você não terá esses problemas. Eu mesma me encarrego de lhe ensinar. Quanto a cozinhar, acho que você não sabe, não é?

Poliana riu com prazer:

— Justamente neste verão, aquelas senhoras começaram a me ensinar. Mas não houve tempo. Discutiam muito mais sobre cozinha do que a respeito de costura. Por isso aprendi mais sobre costura. Algumas queriam iniciar pelo pão, depois resolveram que eu devia ir à cozinha com apenas uma de cada vez. Só aprendi a fazer torta de figos e bolo de chocolate. Não fui até o fim — concluiu a menina, com certa tristeza.

— Bolo de chocolate e torta de figos! — ironizou a tia. — Vou dar um jeito nisso. Agora, escute seu programa: pela manhã, leitura em voz alta para mim. Mas, antes, quero o quarto arrumado. Às quintas e sábados, depois das nove e meia, teremos costura. Todas as tardes virá um professor de música. — E, dizendo isso, levantou-se com decisão, encerrando a conversa.

— Mas... tia... não sobrou nenhum tempinho para eu viver — protestou Poliana, preocupada.

— Não entendo o que diz. Como se você não estivesse vivendo como deve...

— É diferente, tia Paulina. Quero dizer: respirar e viver. Quando a gente dorme, respira mas não vive. "Viver" é fazer o que nos agrada, como brincar no jardim, ler para mim mesma, subir ao alto da colina, falar com Tomás e Nancy, ouvir novidades de casas e vizinhos e das ruas por onde passei. Respirar somente não é viver.

— Você é um bocado estranha, Poliana! Claro que vai ter tempo para brincar. Preste atenção: se eu, cumprindo o meu dever, esforço-me para lhe dar uma boa educação, você por seu lado deve corresponder, fazendo tudo para que meu esforço não seja desperdiçado.

— Oh, tia Paulina. A senhora vai ver como sou agradecida! — disse Poliana, triste. — Depois, eu gosto da senhora, e a senhora não é da Auxiliadora, mas sim minha tia.

— Nesse caso, nunca me contrarie — disse a tia, indo na direção da porta.

Já descia a pequena escada quando a menina a chamou:

— Por favor, titia, que roupa deve ser dada àquela família sua conhecida?

— Ia até me esquecendo. — Paulina suspirou longamente. — Timóteo vai nos levar esta tarde às lojas, na cidade. Esse monte de roupa usada não serve para uma sobrinha dos Harrington. Se deixasse você aparecer vestindo isso, não estaria cumprindo o meu dever.

Poliana já não suportava ouvir a palavra "dever":

— Tia Paulina, talvez encontre um meio qualquer para que a senhora fique contente com esse tal dever.

— Como?! — A arrogante senhora olhou para cima com espanto, dizendo em tom irritado e descendo os últimos degraus: — Não seja impertinente, menina!

No abafado quartinho do sótão, Poliana jogou-se numa das cadeiras de encosto reto. Para ela, a existência se delineava à sua frente como uma sucessão interminável de deveres.

— Não vejo onde está a impertinência — soluçou a menina. — Só perguntei se havia um jeito de fazer com que ela também jogasse o jogo do contente... para alegrar um pouco esses deveres.

Por algum tempo, ficou parada, olhando para as roupas deixadas sobre a cama.

— Não vejo alegria nisso — falou em voz alta. — Bem, talvez a alegria apareça depois de cumprirmos o tal dever. — E a ideia lhe serviu de consolo.

Capítulo 7
As punições da senhora Paulina

À tarde, Timóteo levou Paulina e a sobrinha às melhores lojas da cidade, que ficavam um pouco longe da casa. Compraram um guarda-roupa completo para Poliana, fato que se transformou em um acontecimento inédito para todos. No final, Paulina parecia aliviada, como alguém que pisa em terra firme depois de quase se afogar.

Os lojistas comentavam o acontecido — tinham assunto para uma semana. Poliana não cabia em si de alegria. Havia contado a um dos empregados da loja: "Quem vestiu até hoje só roupas usadas e teve como modistas as senhoras da Auxiliadora de repente se sente no céu quando entra numa loja e compra tudo novinho e na medida certa sem precisar fazer ajustes."

Ficaram a tarde toda ocupadas com as compras. De volta à casa e depois da ceia, Poliana teve uma deliciosa conversa com o velho Tomás e outra com Nancy no quintal, enquanto Paulina visitava alguém nas vizinhanças.

Tomás falou-lhe da mãe, contando fatos novos que deliciavam Poliana. E Nancy narrou a complicada história de sua gente e prometeu que, se a senhora Paulina deixasse, levaria a menina até lá, na primeira oportunidade.

— Eles têm nomes lindos. Aposto que vai gostar... Um é Alegon, outra, Florabela, e outra, Estela. O único nome detestável é o meu: Nancy.

— Não diga isso!

— Meu nome não é bonito como o dos outros, e, como fui a primeira, minha mãe me batizou assim. Depois, sim, ela tinha lido histórias maravilhosas e foi fácil encontrar nomes bonitos para os demais.

— Até que eu gosto e muito do seu nome, Nancy — disse Poliana. — Principalmente porque é o seu nome.

— Não é bem assim. A senhorita gosta dele como gostaria de outro qualquer. Como Clarice Mabella, um nome que adoro.

— Pois escute o que vou dizer. — Poliana sorriu. — Agradeça a Deus por não se chamar Hipólita.

— Hipólita?

— E tem mais. Como a senhora White se chama Hipólita, o marido diz apenas Hip, para encurtar. Ela não gosta e tem a impressão de que alguém vai responder "Hurrah!", sempre que ele grita "Hip, Hip!".

Nancy caiu na gargalhada:

— Essa é boa! Sempre que gritarem "Nancy", vou me lembrar do "Hip, Hip!". Será possível, meu Deus! Não é que estou ficando alegre, mesmo? — Arregalou os olhos para Poliana e perguntou, desconfiada: — Escute aqui, menina. Isso de eu ter escapado de ser chamada Hipólita não é o tal jogo do contente?

— Isso mesmo, Nancy — disse Poliana, sorrindo. — Eu estava fazendo o jogo do contente mas sem pensar, como me acontece tantas vezes. A gente se acostuma e brinca sem saber. Em tudo há alguma coisa de bom. A questão é descobrir onde está.

— Deve ser assim mesmo... — concordou Nancy.

Poliana subiu para o quarto às oito e meia. As janelas estavam fechadas, pois as telas ainda não haviam chegado, e o pequeno aposento parecia um forno. Olhou as vidraças abaixadas, mas não as ergueu. Despiu-se, dobrou as roupas com cuidado e rezou. Depois, apagou a chama da vela e se enfiou nos lençóis. Não conseguiu dormir: rolava de um lado para o outro, quase sufocada pelo calor. Não suportando aquilo, levantou-se e escancarou a porta.

No escuro sótão, só uma janela deixava passar uma réstia de luar. Como se fosse uma pequena mariposa em busca da luz, Poliana foi à janela na esperança de encontrá-la com tela e assim poder abri-la. Não havia tela e, desapontada, a menina ficou por trás da vidraça, encantada com a beleza da noite enluarada e imaginando como devia estar agradável lá fora. Dormir ao ar livre!... Se pudesse sair daquele forno... Suspirou de tristeza olhando a varanda do quarto de Paulina. O seu, escuro e abafado. O dela, enluarado, amplo e confortável. Uma suave brisa agitava a folhagem.

E se fosse dormir fora do quarto? Muita gente faz isso. Joel Hartley, que era doente dos pulmões, só conseguia dormir ao ar livre. Lembrou-se de que no sótão havia uma porção de sacos pendurados em pregos, com roupas de inverno. Ficavam ali no verão, Nancy tinha explicado. Com medo, Poliana foi até um deles e retirou uma velha pele de foca — por certo da senhora Paulina — que podia servir como ótimo colchão. Procurou depois um travesseiro e, com o necessário, lançou a improvisada cama sobre o terraço que servia de cobertura ao quarto da tia, depois de abrir a janela. Em seguida, fechou-a e escorregou por uma calha que dava no terraço. Pensou: as moscas não vão entrar, a janela está bem fechada.

O lugar era uma delícia e Poliana tinha vontade de dançar de tão contente. Controlou-se e se pôs a andar de um lado para outro, fazendo o piso estalar. Sentia-se feliz longe do desagradável quartinho-forno. Aconchegou-se melhor na pele de foca e preparou-se para dormir.

— Até que foi bom não terem chegado as telas... — refletiu, piscando para as estrelas. — Do contrário eu não estaria agora neste encanto de lugar...

No quarto logo embaixo, Paulina tinha se levantado e telefonava para Timóteo, apavorada:

— Venham depressa, você e seu pai, e tragam lanternas. Alguém deve ter subido pelo caramanchão e está agora em cima do terraço. É capaz de querer entrar pela janela do sótão. Vou fechar a porta que liga o sótão com o resto da casa. Não se demorem! Venham logo!

Poliana já dormia, mas foi acordada pelo som de vozes e pela luz das lanternas sobre seu rosto. Esfregou os olhos e reconheceu Timóteo no alto da escada. Tomás descia pela janelinha do sótão e, lá embaixo, Paulina fulminava-a com o olhar:

— Que quer dizer isso, Poliana? — perguntou Tomás.

Ainda piscando e sonolenta, a menina sentou-se.

— Senhor Tomás... Titia! Não precisam se preocupar. Joel Hartley, que era doente, também dormia ao ar livre. Eu não estou doente, graças a Deus, mas... meu quarto estava tão abafado que não aguentei e vim dormir aqui. Não fique assustada: fechei as janelas, e as moscas não vão poder entrar.

Timóteo desceu rapidamente as escadas, o velho Tomás fez o mesmo e, depois de entregar a lanterna a Paulina, sumiu. A dona da casa mordia os lábios e, assim que os homens desapareceram, ordenou:

— Jogue tudo para baixo e desça já! Que menina mais esquisita!

E as duas se foram, Poliana na frente e Paulina logo atrás, empunhando a lanterna, na direção do sótão. A menina sentiu mais calor, em contraste com o frescor do terraço, e não pôde evitar um longo suspiro. No alto da escada, Paulina disse:

— Agora, você vai dormir o resto da noite comigo. As telas devem chegar amanhã e, até lá, quero tê-la bem perto de mim.

— Dormir com a senhora, titia? — Poliana parecia maravilhada. — No seu quarto? Quanta bondade, tia Paulina! Tenho sonhado com isso... Dormir em companhia de alguém que não seja uma das senhoras da Auxiliadora e, sim, minha parenta. Estou até contente porque as telas não chegaram. Não é maravilhoso?

Não teve resposta. Paulina ia na frente, empertigada, como se começasse a fraquejar. Desde que a menina chegara, era a terceira vez que lhe infligia um castigo. E o resultado, o mesmo: o castigo se transformava num benefício recebido. Paulina não sabia como agir dali por diante.

Capítulo 8
Poliana faz uma visita

A rotina voltou ao solar dos Harrington, embora sem obedecer ao rígido programa imaginado pela dona da casa. Poliana costurava, estudava música, lia em voz alta e aprendia a cozinhar. Sobrava-lhe algum tempo para "viver": das duas às seis da tarde, podia fazer o que quisesse, desde que não contrariasse as ordens da tia.

Não se sabia se esse tempo de folga era concedido à menina como lazer merecido, em recompensa pelo seu trabalho, ou como descanso para Paulina, que se sentia fatigada com as aulas que dava à sobrinha. Ao fim de cada lição de costura ou de leitura em voz alta, naquele princípio de julho, havia tido muitas ocasiões em que Paulina repetiu a costumeira frase: "Que menina mais esquisita!"

De sua parte, Nancy não se queixava de nada e as quintas e sábados eram, para ela, um regalo.

Não havia crianças nas redondezas com quem Poliana pudesse se distrair. A casa ficava longe da cidade e, ainda que houvesse adiante outras habitações, nelas não existiam crianças de sua idade. Mas não se incomodava:

— Não me importo, Nancy — dizia. — Fico alegre só de olhar as casas e as pessoas. Gosto de gente... E você?

— Sei lá... De todos, não — respondeu Nancy, pensando que tudo se resumia numa questão de simpatia ou antipatia.

Nas tardes de bom tempo, Poliana gostava de sair sem rumo certo. Numa dessas vezes, encontrou o "Homem". Apesar de sempre cruzar com outros, aquele foi chamado, desde o princípio, de o "Homem".

Vestido com um casacão comprido até os joelhos, o "Homem" usava um chapéu alto, andava sempre bem-barbeado, e os cabelos, que apareciam por baixo do chapéu, eram grisalhos. Andava com postura reta, com pressa e sozinho. E isso fazia Poliana sentir pena dele. Talvez por isso, certo dia falou com ele:

— O senhor vai bem? O dia está uma beleza, não acha?

O "Homem", que seguia distraído, parou e perguntou:

— Está falando comigo, menina?

— Sim. Perguntei se achava o dia bonito.

— Bem... hum! — disse ele entre os dentes e retomou a apressada caminhada.

"Que tipo engraçado!", pensou Poliana. No dia seguinte tornaram a se encontrar.

— Hoje o dia já não está tão bonito — disse Poliana. — Mas serve, não acha?

— Bem... hum! — tornou a dizer o "Homem"; e Poliana sorriu.

Na terceira vez, quando a menina lhe dirigiu a palavra, o "Homem" parou bruscamente:

— Quem é você, que todos os dias me pergunta o que acho do tempo?

— Meu nome é Poliana Whittier e gostaria de saber por que o senhor é tão triste e tão só. Agora que já nos conhecemos... embora eu não saiba como se chama...

— Bem, eu... — começou o "Homem", mas não continuou.

Afastou-se depressa e desapareceu ao longe, para desapontamento de Poliana.

— Vai ver que não entendeu nada do que falei — pensou. — Disse como me chamava e não fiquei sabendo o nome dele. Quem sabe, amanhã...

Naquele dia, Poliana levava geleia para uma certa senhora Snow, presente que Paulina lhe mandava uma vez por semana.

Um dever para Paulina, pois a senhora Snow, pobre e doente, precisava da ajuda de todos e, além do mais, pertencia à sua igreja. Os membros da congregação faziam o mesmo. Poliana tinha convencido Nancy a deixá-la levar a geleia, em seu lugar. Nancy concordou, depois de pedir autorização a Paulina. Mais tarde, Nancy confessou:

— Foi uma vergonha o que fiz. Deixar a menina fazer o serviço em meu lugar. Que coisa feia!

— Mas eu gosto de fazer isso...

— Agora, pode ser. Depois é que quero ver...

— Por quê? — perguntou a menina.

— Porque ninguém suporta a senhora Snow. Se não fosse questão de caridade, ninguém ia lá. Tenho pena é da filha dela, Milinha, que cuida da casa e faz todo o trabalho.

— Não estou entendendo, Nancy.

— É que a senhora Snow nunca está satisfeita. Nem mesmo com os dias da semana. Se é segunda-feira, preferia que fosse quarta. E, se o que lhe mandam é geleia, suspira e diz que gostaria de comer galinha. Só que, se recebe galinha, reclama pela geleia.

— Estou certa de que vou gostar da senhora Snow — disse Poliana. — Ela é diferente, e eu gosto de gente assim.

— Isso mesmo, ela é um bocado diferente... e que fique por lá com suas diferenças... — Torceu o nariz ao completar a frase.

Poliana ainda pensava no que havia conversado com Nancy quando chegou à casa da senhora Snow. Estava ansiosa para conhecer a estranha criatura. Uma mocinha pálida abriu a porta, parecendo cansada. Amavelmente, Poliana saudou:

— Como vai? A senhora Paulina Harrington me mandou aqui. Gostaria de falar com a senhora Snow.

— "Gostaria" de falar com ela? É a primeira pessoa que ouço dizer isso — murmurou a jovem e, pedindo que entrasse, levou-a até a doente.

De começo, Poliana nada distinguiu em meio à escuridão. Ficou uns instantes parada, acostumando-se ao escuro. Afinal, vislumbrou uma cama no meio do quarto e, nela, um vulto.

— Como está passando? — adiantou-se Poliana. — Tia Paulina envia recomendações e este pote de geleia.

— Geleia? Muito agradecida, mas preferia um pouco de carneiro refogado.

— Ora, eu pensei — e Poliana franziu ligeiramente a testa — que a senhora fosse querer galinha em vez de geleia.

— O quê? — gritou a doente, mexendo-se na cama.

— Nada, senhora. Nancy disse que a senhora sempre quer galinha quando ganha geleia. E prefere geleia se lhe mandam galinha. Só que hoje a senhora prefere carneiro. A boba da Nancy não acertou!

A doente sentou-se com esforço e perguntou:

— E quem é a senhora, dona Impertinência?

— Não me chamo assim. Sou Poliana Whittier, sobrinha da senhora Paulina Harrington, como já disse. Moro com ela há pouco tempo e vim trazer-lhe a geleia.

Enquanto Poliana falava, a doente levantava-se aos poucos, até que ficou imóvel reclinada sobre os travesseiros.

— Agradeço muito a bondade de sua tia. Só que esta manhã tenho fome e queria mesmo era um refogado de carneiro... — E mudando de assunto: — Passei a noite em claro... não consegui dormir nem um pouco...

— Se fosse comigo, ia gostar muito — suspirou Poliana, colocando o pote de geleia sobre a mesinha de cabeceira e sentando-se numa cadeira: — Quando a gente dorme, perde um bocado de tempo, não é?

— Perde-se tempo dormindo? — estranhou a mulher.

— Isso mesmo. Dormir é como estar morto. E viver é tão bom! Não acha?

— Hum!... Nunca ouvi nada igual... Escute aqui, menina, vá até a janela e abra a cortina. Quero ver como você é.

Poliana levantou-se sorrindo e foi até a janela:

— A senhora vai ver que tenho sardas! — Abriu a cortina e continuou: — Até que eu estava contente com o escurinho daqui, por causa das sardas. Mas, pensando bem, vou ficar ainda mais alegre porque assim também posso ver a senhora... — Observou atentamente a doente e concluiu: — Nunca me disseram que a senhora era tão bonita.

— Eu? Bonita?

— Não sabia?

— Nunca ouvi ninguém dizer isso. — A senhora Snow tinha um tom irritado na voz.

Ela, que levara cinquenta tristes anos de vida a desejar o que não podia ter não tivera tempo de apreciar as próprias qualidades.

— Ora, senhora Snow. A senhora tem olhos negros e profundos, e seus cabelos, negros também, são cacheados. Adoro cabelos cacheados! Suas faces são rosadas. Logo, a senhora pode se considerar bem bonita. Nunca se viu num espelho?

— Espelho?! — exclamou a doente, deixando-se cair sobre os travesseiros. — Tenho sofrido tanto que não me sobra tempo para espelhos. Você faria o mesmo se estivesse em meu lugar.

— Por favor, deixe que lhe mostre. — Poliana foi buscar um espelho que estava dependurado em uma parede.

Hesitou um instante, pensando no que devia fazer para melhorar o aspecto da mulher. Disse, afinal:

— Antes, vou pentear seus cabelos e dar uns retoques aqui e ali. Depois, pode olhar. Dá licença?

— Está bem... Mas acho que isso não fica bem na minha idade — disse a senhora Snow.

— Gosto muito de fazer penteados. — Poliana aproximou-se com um pente na mão. — Hoje estou com pressa e faço somente um arranjo. Da próxima vez, farei melhor.

Com muito jeito, a menina foi arrumando a cabeleira da mulher. Aos poucos, os cabelos foram tomando vida, para grande entusiasmo da senhora Snow. Poliana terminou o trabalho e pôs um cravo vermelho na cabeleira negra, exclamando:

— Pronto! Já pode olhar. — E entregou-lhe o espelho.

— Hum! — resmungou a mulher, examinando-se com atenção. — Gosto mais dos cravos vermelhos do que dos cor-de-rosa. Mas todos acabam murchando, de noite...

— A senhora deve até ficar contente com isso, pois terá o prazer de trocá-los por outros. Seu cabelo ficou lindo assim como está. Não acha?

— É... não ficou nada mal. Só acho que não vai durar muito. Eu me reviro o tempo todo na cama...

— É bom que não dure. Assim, posso fazer outros penteados. A senhora devia estar feliz por ter cabelos negros. Ficam mais bonitos sobre os travesseiros e realçam mais do que os louros, como os meus, vê?

— Pode ser. Mas cabelos negros logo ficam grisalhos — observou a mulher, não cessando de se olhar no espelho.

— Eu adoro cabelos negros. Quem me dera os meus fossem dessa cor! — exclamou Poliana, com um suspiro.

— Pois eu, não... e você também, se tivesse que ficar na cama o dia inteiro, a vida inteira.

— É muito difícil, não é? — indagou Poliana, pensativa e franzindo a testa.

— O quê?

— Ficar contente em certas ocasiões...

— Não sei como posso ficar contente, se sou obrigada a passar a vida toda nesta cama! Francamente, não sei.

Para espanto da senhora Snow, Poliana pulou da cadeira onde estava e bateu palmas:

— Oh, Deus! É mesmo difícil. Bem, agora tenho de ir embora, irei pensando em seu caso e quando voltar quem sabe terei uma resposta. Até logo. Gostei muito da senhora. Adeus! Adeus! — E continuou a dizer adeus até sair do quarto.

— Que será que ela quis dizer? — murmurou a mulher, apanhando de novo o espelho para uma última olhada e, pelo brilho dos olhos, via-se que aprovara o trabalho da menina.

— Nunca poderia imaginar que ainda estivesse tão apresentável — prosseguiu, sempre murmurando. — Mas de que adianta isso agora? — Largou o espelho, reclinando-se nos travesseiros.

Mais tarde, quando Milinha apareceu, o espelho já não estava à vista: a senhora Snow o havia escondido sob os lençóis.

— Que é isso, mamãe? As cortinas abertas? — A jovem, da janela, olhava para a mãe, sem despregar a vista do penteado e do cravo vermelho.

— Nada demais, ora! Não é por ser doente que devo ficar sempre no escuro, não acha?

— Sim, mas... — resmungava Milinha, abrindo o vidro de remédio. — Estou estranhando isso. A senhora nunca me deixou abrir as cortinas, lembra-se?

A doente não respondeu, examinando o tecido um tanto puído da camisola que usava. Depois, falou:

— Já é tempo de alguém se lembrar de me arranjar uma camisola nova, em vez de geleia e refogado de carneiro. Só para variar, sabe?

— Oh!

Foi só o que saiu da boca de Milinha, tão confusa se achava. Na gaveta da cômoda havia duas camisolas novinhas, que ela mesma fizera, há tempos, e que sua mãe jamais usara.

Capítulo 9
O "Homem"

Chovia um pouco quando Poliana encontrou o "Homem" outra vez. Cumprimentou-o sorrindo e observou:

— O dia hoje não está tão bonito, não é? Mas a chuva passa logo. Seria horrível se chovesse sempre.

O "Homem" nada disse, nem mesmo olhou para ela, e Poliana pensou que ele não a tinha ouvido. No dia seguinte, insistiu, falando alto, pois o "Homem" vinha de cabeça baixa, alheio a tudo — o que era de se estranhar, pois fazia um belo dia.

— Como vai? — perguntou Poliana. — Que bom que hoje não tenha sido ontem!

O "Homem" parou, e seus olhos faiscavam de cólera:

— Escute aqui, menina! Vamos parar com essa bobagem. Tenho assuntos mais sérios em que pensar. Não estou interessado no tempo ou se o sol brilha ou não.

— Justamente por isso é que lhe digo sempre como vai o tempo. — Poliana sorriu, feliz.

— E daí? — disse o "Homem", desnorteado com a resposta de Poliana.

— Isso mesmo! Todos os dias lhe digo como vai o tempo e o senhor nem presta atenção, ora! Por isso é que não fica contente.

Mais interessado, o "Homem" deu um passo à frente e, parando, perguntou:

— E que mais? Não entendo por que não procura alguém da sua idade para falar, em vez de ficar me amolando.

— Bem que gostaria. Só que aqui por perto não há nenhuma criança. Tudo bem. Também gosto dos velhos, às vezes até mais do que das pessoas de minha idade. Aprendi isso com as senhoras da Auxiliadora.

— Hum! A Auxiliadora Feminina, eu sei. Acha que sou parecido com aquelas senhoras?

O "Homem" se esforçava, sem saber se devia sorrir ou ficar sério. Poliana percebeu isso e, sem se conter, riu à vontade, dizendo:

— Claro que não, a menos que seja na bondade. O senhor pode até ser mais bondoso, eu acho. Para mim, parece mais amável do que aparenta.

— Está bem — disse o "Homem", meio engasgado e retomando o caminho.

Da próxima vez que se encontraram, foi diferente. O "Homem" parou e, olhando Poliana, iniciou a conversa:

— Boa tarde! Devo dizer, antes de tudo, que o sol brilha hoje como nunca.

— Nem precisava dizer — respondeu a menina. — Eu sabia que o senhor sabia... só de olhar para o senhor.

— Como assim?

— Notei nos seus olhos. Já não são tão tristes.

— Hum! — resmungou o "Homem", seguindo seu caminho.

A partir desse dia, Poliana e o "Homem" sempre se falavam, e era dele sempre a iniciativa, mesmo para um simples "boa-tarde". Certa ocasião, Nancy, que estava com a menina, ficou admiradíssima quando ele deu boa-tarde a Poliana:

— Deus do céu! Ele fala com você?

— Agora sempre fala comigo.

— Sabe quem é ele?

— Esqueceu-se de me dizer no dia em que nos conhecemos — respondeu Poliana, e Nancy arregalou os olhos:

— Mas ele não fala com ninguém há anos! Chama-se John Pendleton e mora sozinho numa mansão na colina Pendleton... nem cozinheira tem. Eu conheço Sally Miner, a copeira que o serve. Diz ela que ele mal abre a boca para pedir a comida. Ela é que tem de adivinhar o que ele quer, e só pede pratos baratos.

— Está certo — aprovou Poliana. — Quando a gente é pobre, tem de preferir as coisas baratas. Papai e eu sempre pensávamos assim. Nossa comida predileta era feijão e bolo de peixe. Feijão é barato. Peru, ao contrário, só um pedaço custa um bocado de dinheiro. Será que o senhor Pendleton gosta de feijão?

— Que importa se gosta ou não? Mas ele não é pobre, Poliana. Tem um monte de dinheiro que o pai deixou. É o homem mais rico da vizinhança, podia até queimar notas de cem ou de mil, se quisesse. E não gasta nada... tem a mania de economizar.

— Deve ser para salvar a alma dos pagãos — disse Poliana. — Papai dizia que é um belo sacrifício.

Nancy ia replicar negando tal intenção, mas a alegria estampada no rosto da menina fez com que se calasse.

— Hum!... — murmurou. — O que me espanta é que ele tenha falado com você. O senhor Pendleton não dirige a palavra a ninguém, é um grosseirão. Muita gente diz que é maluco e outros afirmam que tem um esqueleto no armário.

— Nossa, Nancy! — Poliana sentiu um arrepio. — Como é que alguém pode ter uma coisa assim em casa?

— As pessoas acham que ele é misterioso — continuou Nancy. — De repente, cisma de viajar e passa meses nas terras dos pagãos... Egito, Ásia, deserto do Saara, a menina sabe.

— Claro! — exclamou Poliana. — É um missionário.

— Não foi o que eu disse. — Nancy sorriu. — Quando ele volta, escreve livros estranhos sobre as esquisitices que viu nas terras dos pagãos. Só não gasta dinheiro, nunca!

— Nem podia, Nancy. Não percebe que está economizando para salvar os pagãos? — observou Poliana. — De qualquer modo, é uma pessoa tão interessante quanto a senhora Snow... embora tenha manias diferentes.

— Bem, isso é... um tanto... — admitiu Nancy.

— E quer saber? Estou muitíssimo satisfeita de que ele fale comigo — concluiu a menina, muito contente.

Capítulo 10
Uma surpresa para a senhora Snow

Logo que voltou à casa da senhora Snow, Poliana encontrou-a, como da primeira vez, no quarto escuro.

— É a sobrinha da senhora Paulina, mamãe — anunciou Milinha, fazendo Poliana entrar no aposento.

— Ah, é você? — falou a senhora Snow. — Lembro-me bem de você... quem a vê uma vez não a esquece nunca. Por que não veio ontem? Desejei tanto que tivesse vindo...

— É mesmo? — perguntou a menina, pondo a cestinha que trazia sobre a cadeira. — Fico alegre em saber disso. Mas está muito escuro aqui, não vejo nada! — E correu para a janela a fim de abrir as cortinas. — Quero ver se a senhora se penteou como eu ensinei no outro dia. Não se penteou?! Talvez não tenha acertado com o jeito, não tem importância. Depois eu faço um penteado caprichado. Veja o que eu trouxe na cestinha.

— Não adianta ver o que trouxe — disse a doente, com ironia, mas virando-se no leito para olhar a cesta. — Estou "olhando"!

— Agora — Poliana pôs a mão na cesta, pronta para abri-la —, diga o que quer.

— Hum! — resmungou a senhora Snow, dizendo, após hesitar por uns segundos: — Agora, não quero nada de especial... Qualquer coisa serve.

— Assim não vale. Vamos fazer de conta que a senhora tem de decidir. O que escolheria? Pode dizer!

A doente continuava indecisa, ela mesma não sabia o que pedir, habituada como sempre a querer o que não tinha. Escolher antes de ver parecia-lhe difícil. Falou, por fim:

— Vá lá. Queria um refogado de carneiro.

— Acertou! — exclamou Poliana. — Foi o que eu trouxe.

— Não, não! Errei! — gritou a mulher. — Meu estômago queria, mesmo, uma boa galinha.

— Também trouxe galinha! — replicou Poliana, deixando espantada a senhora Snow.

— Quer dizer que trouxe as duas coisas?

— E geleia, ainda por cima! Eu queria que a senhora acertasse, fosse lá como fosse. Trouxe um pouco de cada coisa. E estou contente de ver que a senhora quer galinha! — Foi retirando tudo da cesta. — A senhora não imagina como eu estava com medo de que fosse querer dobradinha, linguiça ou batata. Não podia arrumar tudo na cesta. Já pensou no desastre que seria para mim?

A velha senhora vacilava, sem saber o que dizer.

— Vou deixar os pratos em cima da cômoda. E como a senhora está hoje? — perguntou Poliana.

— Bem mal, obrigada. — A senhora Snow voltou à atitude costumeira. — Perdi o sono pela manhã por causa de Nelly Higgins, minha vizinha. Ficou estudando piano a manhã toda e quase me deixou maluca, imagine só!

— Eu sei, é horrível! — concordou Poliana. — A senhora White, lá da Auxiliadora, uma vez teve um ataque de reumatismo que a deixou na cama. Pois bem, durante todo aquele tempo foi obrigada a ouvir alguém estudando piano. Mas a senhora tem mais sorte.

— E por quê?

— Porque pode se mexer, mudar de posição ou reclinar-se nos travesseiros, quando a música ficar insuportável.

— Claro que posso me mover na cama — respondeu a senhora Snow em tom irritado.

— Pois já tem um motivo para ficar contente. Coitada da senhora White! Não podia se mexer. Quando o tal reumatismo ataca, não deixa ninguém se mover, mesmo que queira. Mais tarde ela disse que teria ficado louca se não fossem os ouvidos da irmã de seu marido.

— Os ouvidos da irmã do senhor White? Não entendi.

— É porque a senhora não conhece a senhora White. — Poliana começou a rir. — Desculpe, ainda não lhe expliquei. A senhorita White, irmã do senhor White, é surda e por ocasião do reumatismo foi cuidar da cunhada. Imagine só o trabalho que ela tinha para entender o que as pessoas diziam. Então, sempre que o piano tocava, a senhora White se consolava com a ideia de que podia ouvi-lo, ao contrário da senhorita White, que nem isso podia escutar. Está vendo só? Ela conhecia o jogo do contente e fui eu quem ensinei.

— "Jogo do contente", que é isso?
— É descobrir o que nos deixa contentes.
— Continuo não entendendo.
— Já se esqueceu? Não me pediu que dissesse alguma coisa que a deixasse contente, mesmo tendo que ficar o dia inteiro na cama?
— Agora me lembro. Mas não pensei que tivesse falado a sério — disse a senhora Snow.
— Claro que era a sério — respondeu Poliana. — Afinal, encontrei. Foi difícil resolver o problema... pensei muito, mas achei a solução.
— Então, diga qual é. — Notava-se um leve sarcasmo na voz da senhora Snow.

Poliana suspirou fundo, antes de explicar:
— A solução é simples: a senhora deve ficar contente só pelo fato de o resto do mundo não estar como a senhora, que vive numa cama sem poder se levantar.

Com os olhos chispando de raiva, a mulher disse:
— Muito bem! Muito bem! Continue!
— Já vou explicar tudo — disse Poliana, fingindo não ter notado o descontentamento da doente. — Vai ser ótimo para a senhora, embora um pouco difícil no seu caso. Escute só.

Poliana começou do princípio — aquele caso da caixa de donativos com muletas em vez da boneca. Tinha acabado de contar o episódio quando Milinha apareceu:
— A senhora Paulina está à sua procura. Telefonou para a casa dos Harlow, aqui perto, e mandou dizer que se apresse, pois ainda tem uma lição hoje.
— Já estou indo. — Poliana levantou-se a muito custo. — Ainda bem que tenho pernas e posso voltar depressa para casa, não é mesmo, senhora Snow?

A doente não respondeu. Tinha os olhos fechados, e Milinha pôde ver as lágrimas que lhe desciam dos olhos.
— Até logo! Pena que não posso pentear a senhora hoje. Fica para a próxima vez! — gritou Poliana da porta.

Os dias de julho foram passando — dias felizes para Poliana, que não se cansava de dizer isso à senhora Paulina, que tinha sempre a mesma resposta:

— Ótimo, Poliana. Gosto de ouvir isso, mas espero que esses dias também sejam proveitosos... Se não for assim, devo admitir que falhei nos meus deveres.

A menina não respondia: abraçava-a, e isto a deixava um pouco constrangida.

Certa vez, em lugar do costumeiro abraço, Poliana respondeu com palavras. Foi durante uma aula de costura:

— E então, tia Paulina, acha que não basta que os dias sejam simplesmente felizes?

— Bem, é preciso mais alguma coisa.

— Já sei. Devem ser proveitosos também, não é?

— Claro que sim.

— O que é pro-vei-to-so?

— Tudo que traz alguma vantagem. Você é um bocado curiosa, Poliana!

— Ficar contente é... pro-vei-to-so?

— Não, não é.

— Que pena! Já que a senhora pensa assim, não vai gostar "dele". Acho que a senhora nunca poderá jogar, tia Paulina. Aquele jogo...

— Que jogo?

— Aquele que pa... — Rapidamente Poliana levou a mão à boca. — Nada, não... — murmurou.

— Está bem, Poliana, por hoje chega — disse Paulina, secamente. — Pode ir.

Nessa mesma tarde, ao descer do sótão, Poliana encontrou a tia subindo a escada.

— Oh, tia Paulina, que gentileza! Veio me visitar! Eu adoro visitas. — E foi logo abrir a porta do quartinho.

Paulina não ia propriamente visitá-la, mas procurar um xale de lã que guardava numa arca de cedro, ali no sótão. E, sem saber como, via-se agora no quarto de Poliana, acomodada numa cadeira dura. A verdade é que desde que a sobrinha viera morar em sua casa a arrogante senhora sempre se achava em situações embaraçosas.

— Gosto de companhia. — Poliana parecia que estava mesmo recebendo visitas num palácio: — Principalmente agora que tenho um quarto só meu, a senhora entende. Bem, sempre tive quarto… mas alugado, e nada se parece com um quarto que é só nosso. Este é meu de verdade, não é mesmo?

— Claro — disse Paulina, admirada de ficar ouvindo a conversa da sobrinha, em lugar de procurar o xale.

— Gosto dele como é, mesmo sem os tapetes e as cortinas que eu queria… — E então parou de falar.

— Que estava dizendo, Poliana?

— Nada, tia. Eu não queria dizer isso.

— Estou vendo que não. Mas, mesmo assim, complete o que ia dizer — pediu Paulina, friamente.

— Nada de mais. São ideias minhas, a propósito de tapetes e cortinas. Só fico imaginando… são planos…

— Planos? — A voz de Paulina era fria, e Poliana ficou corada.

— Não mereço nada, tia Paulina, desculpe. Mas sempre sonhei com isso. Lá em casa tínhamos dois tapetes que vieram numa caixa de donativos… tapetes pequenos, um manchado de tinta e o outro um pouco esburacado. Também tínhamos quadros, um que pap… quero dizer, um muito estragado que logo se desmantelou em pedaços. O outro, que estava em bom estado, vendemos logo. Não fosse por eles eu não teria essas bobagens na cabeça… quadros na parede e tapetes ao lado da cama. Isso passa, é só um minuto… se tanto… porque logo me lembro do jogo e torno a ficar contente. Por exemplo: não ter espelhos é bom, assim não vejo minhas sardas. E como não tenho quadros, posso apreciar a vista que a janela me oferece, abrindo para campos e árvores. A senhora foi muito bondosa me dando este quarto…

Paulina ficou vermelha de tanta vergonha. Levantou-se e disse com rispidez:

— Chega, Poliana. Já falou bastante por hoje. — E saiu do quarto, esquecendo-se de que tinha ido procurar o xale.

Naquele mesmo dia, chamou Nancy e deu-lhe uma ordem:

— Mude as coisas da menina Poliana para aquele quarto de baixo, junto ao meu. Minha sobrinha vai ficar nele.

— Sim, senhora — respondeu Nancy, com a voz inalterada mas com o coração pulsando, e logo subiu a escada, às pressas:

— Menina Poliana! Tenho novidades! Você agora vai dormir no mais lindo quarto da casa... aquele lá de baixo, junto ao da patroa, ouviu?

— Não, Nancy! Você está brincando... não pode ser!

— Verdade! — exclamou Nancy, começando a esvaziar o guarda-roupa. — A patroa mandou que levasse tudo para baixo... quero acabar logo, antes que ela mude de ideia.

Poliana não esperou mais: disparou como um raio pela escada e por pouco não tropeçou e quebrou a cabeça. Correu para onde estava Paulina, batendo portas e derrubando uma cadeira que achou pelo caminho.

— Então, é verdade, tia Paulina? Já conheço o quarto de baixo, tem tudo: tapetes, cortinas e três lindos quadros, além do meu, que eu via da janela de cima e que é ainda mais bonito visto de baixo. Que bom, tia Paulina!

— Está bem, Poliana. Mas, se gosta tanto assim daqueles adornos, espero que em troca zele bem por eles, evitando que se estraguem. Agora, levante a cadeira que derrubou e vá fechar as portas que bateu.

A senhora Paulina falava num tom acima do normal, emocionada a ponto de romper em pranto... e ela, uma Harrington, não "devia" chorar nunca...

De volta, e depois de ter levantado a cadeira e fechado as portas, Poliana se desculpava:

— Desculpe, tia Paulina. Bati duas portas. Não pude me controlar, depois da boa notícia. Corri até aqui sem ver nada pela frente. A tia nunca bateu portas?

— Acho que não e nunca hei de fazer isso — disse Paulina, já recomposta e mais empertigada.

— Pois é uma pena — respondeu Poliana, com expressão de piedade.

— Pena por quê?

— Bem, titia... Se tivesse alguma vez ficado louca de alegria, teria feito o que fiz. Bateria mil portas. Se nunca bateu nenhuma é porque ainda não esteve contente de verdade, e isso é mau. Fico triste só de pensar que a senhora nunca bateu portas!

— Poliana! — exclamou Paulina. Mas a menina já ia longe, em busca de Nancy, no sótão, e a resposta foi mais uma batida de porta. Poliana queria ajudar Nancy na mudança de "suas coisas", para se instalar o mais depressa possível.

Quanto a Paulina, vagamente perturbada, admitia: tinha ficado contente com alguma coisa. Afinal!

Capítulo 11
Jimmy, o "mendigo"

Agosto chegou e trouxe mudanças e surpresas. Somente Nancy se mantinha calma: depois da chegada de Poliana, nada mais a surpreendia.

A primeira novidade foi o gatinho. Poliana o encontrara na rua, miando, abandonado. Correra a vizinhança à procura do dono e, como queria mesmo ficar com ele, acabou levando-o para casa. E explicava, agora, à senhora Paulina:

— Fiquei com pena do bichinho, titia. Gosto de gatos e tenho certeza de que a senhora vai deixar o coitadinho viver aqui.

Paulina olhou o bichinho maltratado que a menina tinha nos braços e não gostou do que viu: nunca morrera de amores por gatos, mesmo que fossem bonitos e bem-cuidados.

— Ora, Poliana! Que bicho mais sujo! Deve estar doente, com sarna, sei lá!

— Eu sei, titia, ele está doentinho. E deve estar assustado, porque não sabe ainda que vamos cuidar dele.

— Isso, não, Poliana! — advertiu Paulina, com firmeza.

— Pode deixar, eu me encarrego dele — replicou Poliana, como se não tivesse entendido as palavras da tia. — Já disse a todo mundo que fico com ele até o dono aparecer. Eu sabia que a senhora ia gostar do bichinho.

Paulina chegou a abrir a boca para insistir na negativa, mas desistiu. Sentia-se de novo constrangida, tolhida pelo mesmo sentimento de incapacidade que, desde a vinda de Poliana, às vezes, se apossava dela.

— Eu sabia — disse a menina irradiando felicidade. — Eu sabia que a senhora não ia ter coragem de deixar o gatinho solto pelo mundo, miando e abandonado. A senhora é generosa e me recebeu tão bem em sua casa. Foi o que eu disse ao senhor Ford, quando ele me perguntou se a senhora ia deixar o gatinho comigo. Eu tenho sido feliz... Tive as senhoras da Auxiliadora, mas o gatinho, coitado, não tem ninguém no mundo... Eu sabia... eu sabia... — concluiu e saiu correndo, antes que a tia tivesse tempo de recuperar o sangue-frio.

— Escute, Poliana... Mas eu... — murmurou Paulina.

Sem ouvi-la, a menina gritava, da copa, para Nancy:

— Depressa, Nancy! Venha ver o gatinho que tia Paulina vai criar aqui comigo!

Sem forças para resistir, Paulina sentou-se numa cadeira, suspirando, desanimada.

Depois, foi a vez de um cachorro, mais sujo e sarnento que o gatinho da véspera. Poliana encontrou-o na estrada e, com pena, levou-o para casa, recorrendo a Paulina, outra vez, como protetora. Como antes, a senhora Harrington tentou, em vão, resistir.

Uma semana depois, estimulada por sucessivas vitórias, Poliana apareceu com outra novidade: um menino maltrapilho que ela queria de qualquer maneira acomodar em casa. O problema era mais grave, e Paulina resistiu. Foi assim: Poliana tinha levado geleia para a senhora Snow, agora sua amiga desde o dia em que lhe falara do jogo do contente. A senhora Snow ainda "jogava" muito mal, talvez por causa dos longos anos de sofrimento, e não ia aprender de uma hora para outra. Poliana corrigia os enganos da mulher, sempre soltando gostosas gargalhadas. A verdade é que a senhora Snow progredia. Especialmente naquele dia a satisfação da menina era grande, pois sua amiga disse que estava contente com a geleia, justamente o que Poliana esperava. Só que não dissera tudo: antes de entrar no quarto, a menina soubera que a mulher do pastor também mandara geleia, da mesma qualidade e do mesmo sabor.

Poliana pensava nisso e, olhando pela janela, descobriu o menino maltrapilho sentado à beira da estrada, riscando a terra com um graveto.

— Oi! — gritou Poliana.

O menino olhou desconfiado em volta, tentando saber quem o chamava. E continuou, depois, riscando o chão.

— Ei! É com você mesmo! — voltou a gritar a menina, para lhe atrair a atenção.

Vendo que nada conseguia, foi até ele e disse:

— Parece que nem um copo de geleia é capaz de fazer você se sentir contente...

O garoto olhou para ela e continuou a riscar o chão. Poliana não desistiu e sentou-se ao lado dele, na grama. Ela sentia necessidade de um companheiro da sua idade e não podia deixar escapar aquela oportunidade.

— Meu nome é Poliana Whittier. E o seu?

Mais uma vez o menino olhou-a desconfiado e fez menção de levantar-se. Mas ficou onde estava e respondeu:

— Jimmy Bean. — Ele não parecia muito à vontade.

— Ótimo, estamos apresentados. Fico contente em saber o seu nome. Não sou como certas pessoas que ouvem o nosso nome e permanecem mudas. Moro na casa da senhora Paulina Harrington. E você?

— Em parte alguma.

— Como? Não é possível. Todo mundo mora em algum lugar, ora!

— Pois eu, não. Estou procurando um novo lugar onde possa ficar. — O rapazinho olhou para ela.

— E onde fica esse novo lugar?

— Ora, se estou procurando é porque ainda não achei, não é? — O olhar do rapazinho agora era de desdém. — Que bobagem!

Poliana ficou desapontada: aquele menino pensava que ela era boba e isso não era nada amável. Mas prosseguiu:

— E onde morava antes?

— Acho que você nunca levou uma surra por ser tão perguntadeira — respondeu o menino com impaciência.

— Se você não fosse tão calado, eu não perguntaria nada. Como posso saber o que quero se não perguntar?

O garoto deu uma risada um pouco forçada, mas, apesar de tudo, já mostrava uma expressão mais cordial e disse:

— Vou lhe contar. Tenho dez anos e no ano passado quase fui aceito no asilo de órfãos. A casa estava tão lotada que não consegui. Vou tentar outro lugar, não sei onde. Continuo procurando uma casa de família, casa mesmo e não um asilo ou um colégio. Uma casa faz a pessoa se sentir como se tivesse parentes, embora eu não tenha nenhum desde que meu pai morreu. Tentei várias casas, mas não me quiseram, nem mesmo me oferecendo para trabalhar. É isso o que você queria saber? Está satisfeita?

— Que gente má! — disse Poliana. — Então ninguém quis ficar com você? Comigo aconteceu o mesmo quando meu pai morreu, por isso posso imaginar o que lhe sucedeu. Se não fossem as senhoras da Auxiliadora, eu teria ficado na mesma situação... Depois é que tia Paulina me aceitou. Espere aí...

Poliana mergulhou em profunda concentração e, de repente, continuou como se lhe tivesse ocorrido uma boa ideia:

— Sei de um bom lugar para você. Tenho quase certeza de que tia Paulina ficará com você. Aceitou Soneca e Peludo, o gato e o cachorro, e fará o mesmo com você, que é gente! Venha comigo, vai ver como titia é bondosa!

O rostinho do menino ficou iluminado de esperança:

— Está falando sério? Quero trabalhar, sou forte. — E arregaçou as mangas para mostrar os músculos. — Acha que ela...

— Falo sério, sim. Tia Paulina é a melhor pessoa do mundo, agora que mamãe foi para o céu. A casa dela tem uma porção de quartos, e enormes. — A menina ergueu-se na ponta dos pés e abriu os braços, para mostrar o tamanho dos quartos. — A casa é grande, você vai ver. Talvez no começo tenha de ficar no quartinho do sótão, como eu fiquei. As janelas já têm telas de arame e as moscas não entram. Sabia que elas trazem sujeira nas patinhas? Tia Paulina tem um livro que mostra tudo direitinho e, se você deixar as moscas entrarem, vai ter de ler o livro. Como também tem sardas, é bom que não haja espelho no quarto. E, como não há quadros na parede, você terá de se contentar com o que vê da janela, por sinal uma vista mais bonita do que qualquer quadro. — Poliana fez uma pausa para respirar.

— Tudo bem — murmurou Jimmy, sem compreender metade do que dizia a menina. — Nunca ouvi ninguém falar tanto, nossa!

— Pois alegre-se com isso. — Poliana sorriu. — Enquanto falo, você não precisa abrir a boca para responder.

A menina levou o garoto para casa e, corajosamente, apresentou-o à tia, que, assombrada, fitava-os sem nada dizer.

— Tia Paulina — disse Poliana, triunfante —, veja só! Trouxe outro comigo, e desta vez coisa bem melhor que Soneca e Peludo.

É um menino de verdade e não se importa de ficar no sótão. Ele quer trabalhar, mas a senhora já fica sabendo: vou precisar dele o tempo todo para brincar comigo.

A princípio, Paulina empalideceu e, depois, ficou corada: não queria crer no que ouvia, mas logo percebeu que a sobrinha falava sério. Interrompeu-a, com desprezo e irritação:

— Como é, Poliana!? Quem é esse menino sujo, onde o encontrou?

O "menino sujo" recuou um passo, assustado e com os olhos na porta da rua, enquanto Poliana sorria, distraída:

— Ah, titia! Ia-me esquecendo de dizer o nome dele. Estou parecendo o "Homem". Não se incomode, ele está sujinho agora, mas, depois, vai ficar tão limpo quanto Soneca e Peludo. A senhora não se lembra como eles eram quando chegaram? Ora, ia-me esquecendo de novo. Ele se chama Jimmy, Jimmy Bean.

— E o que é que ele veio fazer aqui?

— Eu já disse, titia. Veio para ficar com a senhora. Quer ter uma casa e parentes. Eu contei a ele o que aconteceu comigo, com Soneca e com Peludo. É claro que a senhora vai ficar com ele. Afinal, um menino vale muito mais do que um gato e um cão.

Paulina desabou numa cadeira, como se tivesse levado um choque. A incapacidade de resistir voltava a se manifestar. Mas, tomando ânimo, resolveu reagir:

— Isso é demais, Poliana. Um absurdo! Como se já não bastassem o cão e o gato sarnentos, ainda tenho de aturar os pequenos mendigos da rua...

As palavras eram como chicotadas para o menino. Ele retesou-se e com os olhos chispando enfrentou a impiedosa senhora:

— Um momento! Não sou nenhum mendigo nem quero favores da senhora. Quero é trabalhar! Trabalho em troca de comida e lugar para dormir. Não teria vindo aqui se esta menina não tivesse me contado tantas lorotas sobre a sua caridade... dizendo que a senhora ficaria contente em me ter aqui. Mendigo, não! — E fez menção de ir embora, com uma dignidade surpreendente, como se não estivesse precisando de ajuda.

— Não, tia Paulina! — implorou a menina. — Não deixe que ele vá embora... Pensei que a senhora ia gostar de tê-lo aqui. Era capaz de jurar que tudo sairia bem...

Com os nervos à flor da pele, Paulina ergueu a mão como para pedir silêncio — não podia suportar por muito tempo aquela tensão. Aquela "sua caridade", dita pelo menino, soava-lhe nos ouvidos e começava a lhe enfraquecer a vontade. Mas, fazendo um último esforço, disse com firmeza:

— Vamos parar com isso, Poliana, com essa bobagem de ficar contente e de querer que os outros façam o mesmo. Passo a semana inteira ouvindo sempre a mesma e insuportável palavra "contente". Chega!

— Mas, tia Paulina, sempre pensei que a senhora gostasse de me ver conten... — Poliana não terminou: tapou a boca com a mão e disparou atrás do menino, que já ia longe. — Jimmy, Jimmy! — gritava, ofegante, até que o alcançou. — Espere um pouco. Estou muito aborrecida com o que aconteceu...

— E por quê? Não estou zangado com você. Só que não sou mendigo e não gosto que me tratem como se fosse — respondeu o menino, com voz de mágoa.

— Eu sei que não. Minha tia não teve culpa... a culpada fui eu, talvez não tenha sabido fazer direito as apresentações. Tia Paulina é muito boa... sempre foi. Eu é que não soube explicar direito.

O menino fez um gesto de quem não está muito interessado no caso:

— Não tem importância. Vou achar quem me queira... e você sabe que não sou mendigo, não.

Poliana pensava, de testa franzida, e, de repente, seu rosto iluminou-se:

— Escute aqui! Já sei o que temos de fazer. As senhoras da Auxiliadora daqui irão se reunir hoje à tarde. Pois iremos lá e contaremos a elas o seu caso. Era assim que papai fazia quando queria ajudar os pagãos ou arranjar dinheiro para comprar um novo tapete para a igreja.

— Eu não sou nem pagão, nem tapete. Quem são essas senhoras?

— Você não sabe? — A menina ficou espantada. — Não sabe mesmo o que é uma sociedade auxiliadora?

— Nem desconfio, e, se não quer contar, tanto faz. — Continuou andando, forçando Poliana a apressar o passo para alcançá-lo.

— É... uma reunião de senhoras. Fazem isso para conseguir dinheiro, costurar, organizar jantares e... conversar. As Auxiliadoras Femininas são assim, pessoas boas, pelo menos as que moravam lá na minha terra. As daqui também devem ser boas, suponho. Vou falar com elas hoje mesmo.

— Não é preciso — replicou o garoto, irritado. — Não quero que me chamem de mendigo. Muito obrigado pela sua boa vontade.

— Ora, Jimmy. Garanto que não vai ser assim — prometeu Poliana, aflita. — Vou lhe explicar tudo direitinho.

— Você?

— Eu mesma — continuou Poliana, já contente ao ver que o garoto parecia mais cordato. — Acredito que haja entre elas alguma que queira ficar com você em casa.

— Mas não se esqueça de dizer que quero trabalhar — recomendou Jimmy.

— Pode deixar. Volto amanhã com o resultado.

— Onde? — perguntou o menino.

— No mesmo lugar onde nos encontramos.

— Certo. Agora, vou voltar para o asilo, pois não tenho onde dormir. Saí esta manhã e não disse a ninguém se voltaria ou não, e eles pouco se importam com isso. Já me disseram mais de uma vez que procurasse outro lugar, acho até que gostariam de me ver pelas costas... Não ligam a mínima para a gente e, além disso, não são parentes.

— Eu sei — concordou Poliana. — Mas amanhã, quando nos encontrarmos, vai ser diferente. Você terá "parentes", bom tratamento e uma casa. Adeus. Não falte ao encontro.

De uma das janelas Paulina acompanhou a cena. Quando o menino se afastava, ela o seguiu com os olhos até que desaparecesse. Deu um suspiro e foi para o interior da casa. Ainda tinha nos ouvidos e na mente as palavras do menino — "sua caridade"! Sentia-se como se tivesse perdido algo de muito valioso e o coração lhe pesava no peito, inquieto e angustiado.

Capítulo 12
Na Auxiliadora Feminina

No dia da reunião da Auxiliadora Feminina, o almoço foi silencioso na casa da senhora Harrington. Poliana estava calada, proibida de usar sua palavra "predileta" — não tinha assunto para conversa. Várias vezes tentara, mas os "contentes" escapavam sem que ela quisesse, e isso fazia Paulina balançar a cabeça num gesto de cansaço e desânimo:

— Pode dizer quantos "contentes" desejar. Até prefiro, em vez de ficar gaguejando.

O imprevisto consentimento fez com que o rosto da menina brilhasse de alegria:

— Obrigada, tia Paulina. É tão difícil falar sem ele... Já me habituei com o jogo.

— Que jogo é esse? — perguntou Paulina, impaciente.

— Ora, titia. É o jogo que eu e pa... — Mais uma vez Poliana se deteve ao lembrar-se de mais uma palavra proibida. Como sempre, Paulina enrugou a testa, mas nada disse. Continuaram a comer em silêncio.

Chamaram Paulina ao telefone depois do almoço. Era a mulher do pastor, e Poliana ficou atenta à conversa que a tia mantinha com ela. Paulina pedia desculpas por não poder comparecer à reunião por causa de uma forte dor de cabeça. Poliana hesitou, depois que a tia subiu, e se trancou no quarto: não sabia se devia ficar alegre ou triste com a ausência da tia na reunião das senhoras, pois ela não teria oportunidade de chamar Jimmy de mendigo, predispondo as outras à mesma opinião.

A reunião começaria às duas horas, na igreja do bairro, perto da casa. Depois de pensar um pouco, Poliana achou que seria melhor chegar ao local depois de iniciada a reunião. "Assim", pensava, "quando eu entrar, todas já estarão lá... senão pode acontecer que esteja faltando justamente a que me interessa, aquela que vai receber Jimmy. Além disso, essas coisas nunca começam na hora marcada... em todas as Auxiliadoras sempre ocorre o mesmo...".

Cheia de confiança, a menina subiu os degraus da igreja e entrou no vestíbulo da sala de reuniões. Pelo murmúrio das vozes lá dentro, achou que era o momento desejado. A menina hesitou por alguns instantes, depois abriu a porta e entrou.

Lá dentro, muitas senhoras tagarelavam. A inesperada presença da menina fez com que a conversa cessasse. Poliana começou a se sentir intimidada, até porque aquelas senhoras não eram suas antigas protetoras.

— Como estão as senhoras? — indagou, educadamente, e como notou surpresa e curiosidade em todas as fisionomias, acrescentou: — Eu sou Poliana Whittier, creio que já nos conhecemos... pelo menos, reconheço algumas das senhoras.

Ninguém respondeu, o silêncio era profundo. Na verdade, algumas já conheciam Poliana de nome e tinham ouvido falar da famosa sobrinha de Paulina Harrington.

— Bem... Vim apresentar um caso que merece a atenção das senhoras — continuou Poliana, exatamente como vira o pai fazer em situações parecidas.

As senhoras olhavam umas para as outras, sem entender o que a menina queria. Uma delas, a senhora Ford, mulher do pastor, finalmente perguntou:

— Quem mandou você aqui? Sua tia? — a pergunta deixou Poliana envergonhada.

— Não, senhora. Vim sozinha... estou acostumada a falar com as senhoras Auxiliadoras. As da minha terra me educaram.

Mais atrás, alguém deixou escapar uma risada e o fato chamou a atenção da senhora Ford, que fez um "psiu" pedindo silêncio. Em seguida, disse:

— Está bem, querida. Exponha o seu caso.

— Meu caso é Jimmy Bean — respondeu Poliana, suspirando. — Ele não gosta do asilo de órfãos onde está morando e queria ter, como todo mundo, uma casa, parentes e uma mãe... em vez de professores. Como Jimmy tem dez anos e é capaz de trabalhar, pensei que alguma das senhoras quisesse tomar conta dele... ser a mãe dele, é claro.

— Muito bem — ouviu-se uma voz clara, quebrando o silêncio na sala.

Poliana correu os olhos pela plateia e exclamou:

— Ele trabalha e faz questão disso! Não vai ser um peso morto na casa de ninguém.

Novo silêncio. Depois de muitas perguntas, as senhoras foram descobrindo a história de Jimmy e, logo, todas falavam ao mesmo tempo, como um bando de papagaios.

A ansiedade de Poliana crescia. No início, não entendia bem o que as mulheres diziam. Depois, concluiu que nenhuma delas queria o menino, cada uma alegando os mais diversos motivos. Até que a senhora Ford propôs que deviam cuidar da educação dele, retirando algum dinheiro da verba anual que a sociedade enviava aos meninos pobres da Índia.

Muitas das presentes falavam simultaneamente, discutindo o caso em vários tons de voz, cada vez mais desagradáveis. A maioria achava que não devia reduzir a verba destinada às crianças da Índia, mas o que se seguiu foi incompreensível para Poliana.

O que ela entendeu foi que as senhoras não faziam muita questão de saber se o dinheiro era bem aplicado ou não, e sim o fato de que a associação aparecesse em primeiro lugar, sempre, num certo relatório que relacionava outras instituições que também contribuíam para as missões que cuidam das crianças carentes em várias partes. Era tão grande a confusão que Poliana ficou satisfeita quando se viu longe dali, apesar de aborrecida por causa do auxílio negado.

— Não há dúvida de que é justo mandar dinheiro para a salvação dos pagãos — murmurava a menina. — Mas aquelas senhoras agiram como se ignorassem que há meninos como Jimmy e como se não valesse a pena ajudá-los. Em minha opinião, é melhor socorrer um garoto como Jimmy do que fazer bonito em relatórios. Eu penso que...

Capítulo 13
Na colina Pendleton

Quando saiu da igreja, Poliana não foi para casa: tomou o caminho da colina Pendleton. Tinha sido um dia penoso, e, como para ela era "feriado", expressão que usava quando estava livre das lições, achou que seria bom passear pela floresta. Àquela hora o sol já estava quente, mas, mesmo assim, a menina seguiu na direção da colina Pendleton.

— Posso ficar fora até as cinco e meia — dizia. — Assim, é melhor ir pela floresta, mesmo que tenha de subir o morro.

Naquele dia, a mata pareceu-lhe mais bela ainda, apesar do desapontamento que tivera e do que teria de dizer a Jimmy no dia seguinte.

— É uma pena que as senhoras da Auxiliadora não estejam aqui. Tenho certeza de que mudariam de opinião e aceitariam Jimmy como filho — murmurava a menina para si mesma.

Um sentimento íntimo lhe dava esta certeza, mas não sabia explicar o quê. Seguia assim, despreocupada, quando ouviu o latido de um cão. Parou e ficou atenta. Pouco depois um pequeno cachorro surgiu à sua frente.

— Oi, cachorrinho! — exclamou Poliana, chamando o cão.

Era o mesmo cachorro que ela tinha visto seguindo o "Homem", ou, melhor, o senhor John Pendleton. Poliana ficou à espera do senhor Pendleton, certa de que, se o animalzinho estava ali, o dono não podia estar longe. Mas ele não apareceu e ela ficou observando o cão. Notou que ele agia de modo estranho, latindo como se quisesse chamar a atenção de alguém. Parecia aflito, avançando e recuando, até que tomou uma trilha, apressado. A menina foi atrás dele.

— Ei, pare! — gritou Poliana. — Não é por aí que se vai para a casa do senhor Pendleton!

O cão não lhe deu atenção: agora uivava em desespero e voltava a avançar e a recuar. Então, Poliana entendeu o que ele queria: seus olhinhos pardos e o movimento agitado da cauda eram um chamado. A menina resolveu acompanhá-lo.

A ansiedade do cão aumentava, até que Poliana descobriu a causa: junto a uma ribanceira cheia de pedregulhos havia um homem deitado. Poliana reconheceu-o logo e correu para lá:

— Que houve, senhor Pendleton? Está machucado?

— Não. Estava apenas dormindo um pouco ao ar livre — respondeu o homem, impaciente. — Parece que você não tem nada na cabecinha, menina. Será que não percebe nada?

— Ora, senhor Pendleton — respondeu Poliana. — As senhoras da Auxiliadora sempre disseram que eu tenho muito bom senso, embora seja um pouquinho estabanada para fazer as coisas. Somente a senhora Rawson discordava das outras.

— Está bem, desculpe o meu modo de falar. — O homem sorriu com esforço. — Acontece que minha perna está incomodando um pouco, só isso.

Fez uma pausa e com certa dificuldade tirou do bolso uma penca de chaves. Separou uma delas e disse:

— Agora, escute. Minha casa fica a cinco minutos daqui e esta é a chave da porta ao lado da garagem. Sabe o que é uma garagem?

— Sei. Lá em casa também tem uma... fica perto do terraço onde já dormi uma vez. Quer dizer, tentei dormir, mas tia Paulina e os outros não deixaram.

Sem entender o que ela dizia, o senhor Pendleton voltou ao assunto:

— Chegando lá, abra a porta, atravesse o vestíbulo e no fundo vai encontrar uma sala. O telefone está sobre uma escrivaninha. Sabe usar um telefone?

— Claro que sei. Certa vez tia Paulina...

— Chega de tia Paulina — interrompeu o homem, virando-se para mudar de posição. — Telefone ao doutor Tomás Chilton... o nome deve estar na lista, procure-o. A lista está numa das gavetas. Sabe o que é uma lista telefônica?

— Como não? Adoro listas telefônicas, com todos aqueles nomes esquisitos... a variedade é enorme. Um dia, eu...

— Diga ao doutor Chilton que John Pendleton está na floresta de Pendleton, perto da Barranca da Águia, com a perna quebrada. Peça que venha logo e traga alguém para ajudá-lo. Diga a ele para tomar a trilha que sai da casa, é mais perto.

— Quebrou a perna, senhor Pendleton? Que coisa horrível! — exclamou a menina, com medo de ver sangue. — Eu posso ajudá-lo a...

— Eu sei... você pode me ajudar, sim. Basta correr e fazer o que pedi — murmurou o homem, com voz cansada.

Poliana suspirou e partiu com os olhos voltados para o chão a fim de evitar buracos ou galhos secos e também para não se distrair com a beleza das árvores pelo caminho.

Cinco minutos depois, chegava à casa, que já conhecia de vista. Parou deslumbrada com a imponência das colunas. Tratou de abrir a porta de carvalho entalhado, mas era tão pesada que custou um pouco para movê-la.

Ao entrar na sala, apesar da pressa, parou um instante, percorrendo com os olhos o enorme aposento. Ideias absurdas fervilhavam em sua mente, as mesmas ideias que sempre a perturbavam quando pensava na vida misteriosa do dono daquela mansão. Ali morava o homem que não falava com ninguém e tinha um esqueleto escondido num armário. E ali estava ela, Poliana, sozinha e com uma tarefa muito importante a cumprir! Controlando seu medo, deu um pequeno grito e atravessou a grande sala, sem olhar para trás, avistou uma porta do outro lado e abriu-a. À sua frente estendia-se outra sala, ampla e decorada em madeira negra, semelhante à sala que tinha atravessado. Localizou a escrivaninha e o telefone niquelado sobre ela.

Encontrou a lista telefônica no chão, perto da escrivaninha. Correu os olhos pelos sobrenomes relacionados na letra C e encontrou o do doutor Chilton. Discou o número correspondente e, com voz trêmula, perguntou pelo médico. Teve a sorte de achá-lo em casa e respondeu a todas as perguntas que ele lhe fez. Depois, repôs o fone no lugar e deu um suspiro de alívio: a missão estava cumprida.

Passou a vista mais uma vez pela sala — tapetes, cortinas e montanhas de livros. As paredes eram cobertas de estantes, a escrivaninha desarrumada, e notou várias portas fechadas, uma das quais devia ser a do armário que guardava o esqueleto. Por toda parte, poeira e lixo. Viu tudo num relance e saiu.

O senhor Pendleton ficou surpreso com a rapidez com que a menina fizera o percurso de ida e volta e perguntou:

— Como é? Não conseguiu abrir a porta?

— Foi muito fácil — respondeu Poliana. — Fiz tudo como o senhor mandou. O doutor já vem... com seus auxiliares e pelo caminho que o senhor indicou. Expliquei tudo direitinho e ele disse que conhece o caminho, que eu podia voltar. Foi o que fiz, o mais depressa, para o senhor não ficar sozinho.

— É mesmo? Pois não vou elogiar seu gesto. Sou uma pessoa pouco agradável.

— O senhor quer dizer que é assim por ser muito... rabugento?

— Obrigado pela franqueza, mas é isso mesmo.

— O senhor só é rabugento "por fora". Por dentro, até que é muito bom.

— Como é que sabe? — O homem se virou, para mudar novamente de posição.

— De várias maneiras. Por exemplo, eu sei como o senhor trata o seu cão. — Apontou para a mão magra e ossuda que acariciava a cabeça do cachorro. — Cães e gatos conhecem as pessoas melhor que ninguém, não acha? Deixe-me segurar sua cabeça — ofereceu-se Poliana, mudando de assunto.

O homem piscava e gemia e, por fim, sentiu-se aliviado quando a menina acomodou a cabeça dele em seu colo.

— Agora estou melhor — deixou escapar, e por algum tempo ficou calado.

Poliana não sabia se ele estava dormindo ou não. Então, mais atenta, pôde compreender, comovida, que aquele homem tinha os lábios apertados para que deles não saísse nenhum gemido. E vendo-o assim, tão grande e forte, mas estirado e imóvel, Poliana mal pôde conter as lágrimas.

As horas se passavam e o sol já se punha, o que tornava mais sombreado aquele trecho da floresta. Poliana não se mexia para não incomodar o ferido, imóvel como uma pedra. Um passarinho pousou ao alcance de sua mão e um esquilo passou por perto, apressado, mas sem despregar os olhos do pequeno cão.

De repente, o cachorro ficou alerta, grunhiu e se pôs a latir. Ouviu-se o rumor de passos e vozes e logo surgiu um grupo de homens. O mais alto, de barba feita e olhar bondoso, era o doutor Chilton, que, adiantando-se, sorriu para a menina:

— Temos aqui uma enfermeira, não é?

— Não, senhor — respondeu Poliana, também sorrindo. — Só estou deixando que ele descanse a cabeça no meu colo. Não lhe dei nenhum remédio, mas estou contente de estar aqui.

— Eu também — concordou o médico, começando a examinar o senhor Pendleton.

Capítulo 14
A geleia

Por causa do que tinha acontecido com o senhor Pendleton, Poliana chegou um pouco tarde para o jantar daquela noite. Mas nada lhe aconteceu. Nancy abriu a porta e disse:

— Poliana, já são seis e meia. Felizmente, você chegou.

— Sei que estou atrasada, mas não tenho culpa. Acho que nem tia Paulina vai se aborrecer comigo.

— Não terá oportunidade para isso — disse Nancy, sem esconder sua satisfação. — Ela se foi.

— Como assim? Está querendo dizer que meu comportamento fez com que ela se retirasse de casa?

Embora os acontecimentos das últimas horas e dias ainda estivessem atormentando a consciência de Poliana — o menino que ela queria trazer para casa, o gato e o cachorro, os "papais" e os "contentes" que lhe escapavam a todo momento —, foi com um misto de desespero e aflição que exclamou:

— Meu Deus! Não fiz nada assim tão grave para que ela fosse embora!

— Calma, calma! — Nancy abafou uma risada. — O caso é outro. A senhora Paulina teve de ir a Boston. Morreu lá um primo de quem ela gostava muito. Chegou um telegrama logo que você saiu e ela foi até lá. Volta dentro de três dias e, durante esse tempo, nós duas cuidamos da casa. Não vai ser bom?

— Vai, Nancy. Mas como é que podemos ficar contentes com um enterro na família?

— Não estou falando disso, Poliana. E... — Nancy se calou, com um malicioso brilho no olhar; logo, porém, concluiu: — Não foi você mesma quem me ensinou o "jogo do contente"?

— Sim, mas certas coisas não servem para o jogo. — Poliana enrugou a testa. — Num enterro nada existe que nos faça ficar contentes.

— Bem, podemos ficar contentes de não ser o nosso enterro — respondeu Nancy.

A menina não ouviu o comentário e começou a falar do acontecido com o senhor Pendleton. Nancy esqueceu o caso do enterro e se pôs a escutar a menina, permanecendo de olhos arregalados e boca aberta até o fim.

No dia seguinte Poliana encontrou-se com Jimmy no lugar combinado. Depois de ouvir a menina, Jimmy ficou desanimado com a atitude das senhoras da Auxiliadora Feminina, mais interessadas em ajudar as crianças da Índia em vez de protegê-lo. E exclamou, suspirando:

— Nossa! Seja como for, acho que elas agiram bem. O que a gente não conhece é sempre mais atraente do que aquilo que temos. Quem sabe haverá na Índia alguém que me queira?

— É isso! — Poliana se pôs a bater palmas. — É uma boa ideia, Jimmy. Vou escrever às senhoras da minha Auxiliadora e falar de você. Elas não moram na Índia, mas no Oeste, muito longe daqui, o que dá na mesma.

— Acha que elas vão me adotar? — perguntou o garoto.

— Claro que sim! Pois elas não cuidam dos meninos da Índia? Podem fazer o mesmo com você, e a distância daqui para o Oeste é tão grande que podem registrar no relatório. Vou escrever para... Espere. Para a senhora White. Não! Para a senhora Jones! É isso. A senhora White é mais rica, mas a senhora Jones é mais generosa. Não acha engraçado? De um modo ou de outro, tenho certeza de que elas ficarão com você.

— Mas não se esqueça de dizer a elas que eu trabalho, que pago casa e comida com meu trabalho — insistiu o menino, sempre meticuloso. — Não sou nenhum mendigo e, tratando-se de negócios, mesmo com a Auxiliadora, quero tudo bem claro. Fico no asilo até que venha uma resposta de lá — concluiu.

— Certo — concordou Poliana. — Tudo acabará bem, até porque a distância que o separa delas facilita muito o caso. Eu, por exemplo, sou a menininha da Índia para tia Paulina.

— Para mim, você é a mais admirável menina do mundo — disse Jimmy, retirando-se.

Somente uma semana depois Paulina soube do que havia acontecido com o senhor Pendleton. Foi assim:

— Titia, posso levar geleia esta semana para outra pessoa? — perguntou-lhe Poliana certo dia. — Acho que a senhora Snow não vai querer geleia.

— Que é que você tem na cabeça, Poliana? — estranhou Paulina, logo acrescentando: — Você é mesmo uma menina extraordinária.

Como de hábito, Poliana franziu a testa:

— Que quer dizer extraordinária, titia? É o contrário de ordinária?

— Claro.

— Então está tudo certo. Estou contente por ser extraordinária. Sabe por quê? — A menina tinha um brilho estranho nos olhos. — A senhora White dizia que a senhora Rawson era uma mulher muito ordinária e por isso viviam brigando. Eu e papai fazíamos tudo para manter a paz entre elas — continuou Poliana, um pouco atrapalhada por ter infringido duas regras, uma porque a tia não queria que falasse do pai e a outra porque não devia falar das brigas entre as senhoras da Auxiliadora, recomendação que havia recebido do pai.

— Está bem, continue — disse Paulina, um tanto impaciente. — Você não consegue dizer duas palavras sem fazer algum comentário sobre aquelas senhoras do Oeste.

— Tem razão, titia. Mas não posso evitar, foram elas que me criaram, isto é… — Poliana sorriu, como se estivesse pedindo desculpas.

— Agora, chega. Vamos ao caso da geleia.

— Nada de mais, titia. Só queria que a senhora me deixasse levar a geleia para outra pessoa esta semana. Como a senhora sabe, uma perna quebrada fica boa depressa, enquanto os inválidos, como a senhora Snow, têm vida comprida.

— Que conversa é essa de perna quebrada, menina?

Lembrando-se de que nada havia contado à tia, Poliana disse:

— Esqueci de contar, titia, desculpe. O senhor "Homem" sofreu um acidente na floresta e eu o socorri, então ele entregou-me a chave de sua casa, pediu-me que fosse até lá e telefonasse ao médico para vir socorrê-lo. Quando retornei à floresta, coloquei a cabeça dele em meu colo, até que o doutor Chilton chegasse com os ajudantes e os remédios. Agora está na cama e a geleia... bem, a geleia é para ele. Será que posso, titia?

— Pode. Mas quem é ele?

— O "Homem".

— Que homem, Poliana?

— O senhor Pendleton.

— John Pendleton? — Paulina quase caiu da cadeira.

— Ele mesmo... Nancy me disse que se chamava assim. Com certeza a senhora o conhece, não?

Paulina fugiu à pergunta e quis saber:

— E você, Poliana? Você o conhece?

— Conheço, sim. Antes nem falava comigo... agora já fala e ri, depois que descobri que era rabugento só por fora... Vou levar a geleia para ele — concluiu a menina, dispondo-se a sair.

— Espere! — exclamou Paulina com voz severa. — Mudei de ideia. É melhor levar a geleia para a senhora Snow.

— Por favor, tia Paulina! A senhora sabe que ela vai ficar doente ainda por muito tempo, enquanto ele só precisa de alguns dias para ficar bom. Faz uma semana que se machucou, e perna quebrada não dura tanto.

— Eu sei. E já ouvi falar do caso da perna quebrada — disse a senhora Paulina, imponente. — Mas não quero mandar geleia para John Pendleton. Ouviu bem, Poliana?

— Sim, titia. Sei que ele é rabugento e grosseiro. Por isso é que não gostam dele. Pode deixar: não digo que foi a senhora que mandou a geleia. Ele vai pensar que é uma lembrança minha, pois sabe que eu gosto dele. E eu ficarei contente.

Paulina quis insistir na negativa e, um tanto curiosa, perguntou:

— Ele conhece você, Poliana?

— Acho que não — respondeu a menina. — Já lhe disse meu nome uma vez, mas parece que ele não ouviu, pois nunca me chama pelo nome, nunca.

— Ele sabe onde você mora?

— Nunca falei sobre isso.

— Quer dizer que ele não sabe que você é minha sobrinha?

— Acho que não, titia.

Paulina fez uma pausa, olhando para a menina com ar distante. Tentando tirar partido daquela situação, Poliana já ia saindo da sala quando Paulina mudou de ideia e disse:

— Está bem, Poliana. Pode levar a geleia para o senhor Pendleton. Mas é por sua conta, está bem? Não tenho nada com isso. Espero que você não deixe ele pensar que a ideia partiu de mim. Pode ir!

— Obrigada, titia!

E a menina, exultante, correu para a casa do "Homem".

Capítulo 15
O doutor Chilton

Era a segunda vez que ia à casa do senhor Pendleton. Achou tudo mudado. No quintal, uma mulher idosa, com muitas chaves penduradas na cintura, estendia roupas no varal. O cachorro, que ela já conhecia, começou a festejar, sacudindo a cauda. A menina ficou brincando com ele até que lhe abrissem a porta.

— Trouxe um pouco de geleia para o senhor Pendleton — explicou para a mulher, amavelmente, e ela perguntou:

— Obrigada. Quem mandou? É de mocotó? Pode deixar que eu entrego.

Foi então que surgiu o médico. Ouvira as palavras da mulher e, percebendo o desapontamento da menina, disse:

— Geleia de mocotó? Isso é ótimo. Não quer entrar para ver o seu doente?

— Quero, sim, doutor. — Poliana ficou contente.

A um sinal do médico, a mulher levou-a para o interior da casa, ainda que surpresa com tudo aquilo. Uma enfermeira da cidade, que acompanhava o doutor, observou:

— Como assim, doutor? O senhor Pendleton disse que não quer ser incomodado por ninguém!

— Eu sei. Mas também sei o que estou fazendo e assumo os riscos. Esta menina vale muito mais do que um vidro de remédio... e dos grandes! Já posso adivinhar o que vai acontecer esta tarde... O senhor Pendleton terá uma grande melhora.

— Quem é a mocinha? — perguntou a enfermeira.

O doutor hesitou um pouco e, afinal, decidiu falar:

— A menina é sobrinha de uma rica senhora daqui. Chama-se Poliana Whittier. Não a conheço bem, mas os meus doentes, pelo menos alguns deles, têm sido muito bem-cuidados por ela.

— E qual é o remédio que ela usa, doutor? — A enfermeira sorria, incrédula. — Qual é o tônico maravilhoso?

— Não faço a menor ideia. Só sei que está sempre alegre, aconteça o que acontecer... Sempre me repetem o que ela faz e o verso é o mesmo: está sempre alegre. Bem que eu podia usá-la como uma poção mágica e de efeito imediato. E vocês, enfermeiras, teriam de mudar de profissão... se surgissem outras meninas como ela no mundo...

Poliana foi levada por uma criada ao quarto do senhor Pendleton e, de relance, notou as mudanças na biblioteca: nada de lixo pelos cantos ou de desordem. A escrivaninha estava limpa e arrumada, e a lista telefônica, no devido lugar. Uma das misteriosas portas estava aberta e ela passou por ali: dava para um amplo e bem-mobiliado quarto; no centro dele via-se a cama do doente.

— Senhor Pendleton, esta menina veio trazer geleia para o senhor — disse a criada. — O doutor mandou que ela entrasse — a mulher saiu, deixando-a com o homem carrancudo.

— Eu disse que… — começou ele, zangado, até que reconheceu a menina e exclamou: — Ah, é você!

— Eu mesma. — Poliana aproximou-se da cama, sorrindo. — Deixaram-me entrar e estou muito contente. Não quis que ninguém lhe trouxesse a geleia e tive medo de não poder entrar. Aí, o doutor apareceu e deu a ordem. Não foi muita gentileza dele permitir que eu chegasse até o quarto?

O homem apenas contraiu os lábios, num arremedo de sorriso, e deixou escapar um fraco "Hum!".

— Vim trazer um pouco de geleia — continuou Poliana. — É de mocotó, espero que goste.

— Nunca provei — respondeu o homem, já sem o sorriso.

Por instantes, Poliana ficou desapontada. Mas logo encontrou uma saída:

— Nunca provou? Então não sabe o gosto que tem, e eu fico contente com isso. Mas se o senhor conhece geleia…

— Claro que conheço — interrompeu o doente. — O que me incomoda é estar aqui deitado de costas e, quem sabe, até o dia do Juízo.

— Nada disso, senhor Pendleton. Nesse dia são Gabriel vai aparecer com uma trombeta e não encontrará o senhor, só se vier agora. A Bíblia diz que ele virá quando menos se esperar, e eu acredito na Bíblia. Mas ele não vai encontrar o senhor aí, assim espero.

John Pendleton não pôde reprimir uma risada. A enfermeira, que se aproximava, retrocedeu sem fazer barulho.

— Você está misturando as coisas, não é? — perguntou o senhor Pendleton.

— Pode ser. — Poliana sorria. — O que quero dizer é que pernas não ficam quebradas por muito tempo. Outras doenças, como a da senhora Snow, duram a vida inteira. Por isso eu afirmo que o senhor não vai ficar até o dia do Juízo. Acho que isso já basta para deixá-lo contente.

— Claro que estou contente.

— E o senhor ainda teve sorte de não quebrar as duas — acrescentou a menina. — Deve dar graças por ter quebrado apenas uma. — Poliana já punha em prática o seu jogo predileto.

— Estou muito contente — resmungou o homem, olhando para a perna enfaixada. — E mais ainda por não ser uma centopeia... Teria quebrado no mínimo umas cinquenta pernas.

— Boa! Melhor ainda! — exclamou a menina. — A centopeia tem uma porção de pernas, não é? E o senhor também deve ficar contente com...

— Já sei. Com tudo — interrompeu o homem. — Contente com o médico, com a enfermeira e com aquela mulher intrometida que vive metendo o nariz onde não é chamada. Gente...

— Mas seria pior se não os tivesse aqui.

— Por quê?

— Já imaginou? O senhor, sozinho, na cama.

— Basta! Já sei, o resto vem como consequência. Só porque aquela mulher diz que está pondo as coisas no lugar, não vejo motivo para ficar contente. E ainda tem o homem que a ajuda nessa loucura. E temos também o doutor e a enfermeira, seu braço direito... todos querendo o meu dinheiro!

— Bem, senhor Pendleton, essa é a parte ruim do negócio... dinheiro. Todos sabem que o senhor leva a vida a economizar...

— Como assim?

— Economizar, isto é, só comendo feijão e bolo de peixe. Agora me responda. O senhor gosta de feijão? Ou prefere peru e não come peru porque custa muito caro?

— Escute aqui, menina. Não sei do que está falando.

— Ora, estou falando do seu dinheiro. Eu sei que o senhor não gosta de gastá-lo, por causa dos pagãos. Quando descobri isso, convenci-me de que o senhor é muito bom por dentro. Foi Nancy quem me contou.

— Nancy disse isso? — O homem parecia abobalhado. — E quem é Nancy?

— Ela trabalha na casa de tia Paulina.

— Tia Paulina? E quem é tia Paulina?

— Chama-se Paulina Harrington, e eu moro na casa dela, ora.

— Você vive com ela? — O homem fez um gesto de surpresa.

— Claro, sou sobrinha dela. Quando papai morreu, ela se encarregou de me educar — respondeu a menina, em voz baixa. — É irmã de minha mãe. Papai, mamãe e meus irmãos foram para o céu e eu fiquei só. Aí, as senhoras da Auxiliadora tomaram conta de mim e depois tia Paulina mandou me buscar.

O senhor Pendleton não conseguiu falar, e seu rosto ficou tão pálido que a menina se assustou e disse:

— Está na hora de voltar. Espero que o senhor goste da geleia.

— Então, é a sobrinha da senhora Paulina Harrington! — O senhor Pendleton parecia agora mais interessado.

— Isso aí — respondeu a menina. — Suponho que o senhor a conhece, não?

— Eu? Sim... creio que sim... — Os lábios de John Pendleton formaram um estranho vinco. — Sim, conheço a senhora Harrington. Foi... ela quem mandou a geleia?

— Não, senhor. Até me recomendou para que não lhe dissesse isto. Mas, eu...

— Chega — disse o homem, virando-se de lado.

Poliana saiu sem fazer barulho. O doutor a esperava em sua charrete, conversando com a enfermeira:

— Então, mocinha? Deixe-me levá-la até sua casa? Logo que saí lembrei-me disto e voltei.

— Obrigada, doutor. Fico satisfeita em saber que o senhor se lembrou de mim. — Subiu, sentou-se ao lado do médico e acrescentou: — Gosto muito de andar de charrete.

— Ora, a menina parece que gosta de tudo, não? — O doutor Chilton deu partida.

— Não sei. — Poliana sorriu. — Gosto de tudo o que significa "viver". Mas há coisas das quais não gosto tanto... costurar, ler em voz alta etc. Não são "viver".

— São o quê, então?

— Tia Paulina diz que são "aprender a viver".

O doutor não pôde deixar de sorrir:

— Entendo. Que outra coisa ela podia dizer?

— Só que eu não penso como ela — retrucou a menina. — A gente não tem que aprender a viver. Eu, pelo menos, não tive.

— Mas todos têm que aprender — disse o médico, em seguida calando-se, como se algo de desagradável lhe tivesse chegado à lembrança.

Poliana olhava-o de lado e, com pena, tentou fazê-lo esquecer a má recordação:

— Doutor Chilton, eu acho que ser médico é a melhor coisa do mundo.

— Como pode ser a melhor, se só encontramos sofrimentos pelo caminho?

— É a melhor, sim — insistiu a menina. — O senhor, como médico, cura esses sofrimentos e por isso deve ficar mais contente do que os outros. Eu penso assim.

Os olhos do doutor Chilton se encheram de lágrimas. Um solteirão como ele, sem outro lar senão o quarto de um modesto hotel, tinha realmente de se emocionar ao ouvir aquelas palavras. Observou o rosto quase infantil e tão cheio de ternura e sentiu que um anjo bondoso ali estava para abençoá-lo. Teve o pressentimento de que, daí em diante, sempre seria consolado pela lembrança da emoção que via no semblante da menina.

— Deus a abençoe — murmurou e, já com o sorriso reconfortante que seus doentes tão bem conheciam, acrescentou: — Começo a pensar que o próprio médico precisa do "tônico Poliana", tanto quanto os seus pacientes.

Poliana não entendeu o que o médico queria dizer e, antes de partir, ele sorriu para Nancy, que ali estava de vassoura em punho.

— Foi uma bela viagem — disse a menina, entrando em casa. — Ele é muito amável, Nancy.

— É mesmo?

— Não há outro igual a ele. E eu lhe disse que a profissão de médico é a melhor do mundo.

— O quê? Boa profissão, isso de andar vendo doentes verdadeiros ou fingidos? — Nancy sacudiu a cabeça para completar a observação.

— Você está certa, Nancy. — Poliana deu um sorriso. — Mas sempre há um jeito de uma pessoa ficar contente com isso. Vamos, adivinhe!

Nancy fez um grande esforço e, depois, gritou:

— Descobri! Deve ser o oposto do que você disse à senhora Snow.

— Oposto, como?

— Bem, você disse à senhora Snow que ela devia ficar contente porque as outras pessoas não eram inválidas. Não foi isso?

— Isso mesmo.

— Pois bem. O doutor pode ficar contente porque ele não é doente como seus pacientes e, assim, não precisa de médico, ora.

— Certo — admitiu Poliana. — É uma forma de jogar, só que não é aquela a que me referi. Você tem um modo esquisito de jogar que não me soa bem, Nancy, porque dá a entender que o doutor fica contente porque os outros são doentes.

Na sala de estar a menina encontrou Paulina, que lhe perguntou com o tom áspero de sempre:

— Quem era aquele homem que a trouxe?
— O doutor Chilton. A senhora não o conhece?
— Claro que sim. Que veio fazer aqui?
— Veio me trazer, titia. Eu fui levar a geleia para o senhor Pendleton e na volta...
— Você não disse àquele homem que eu mandei a geleia...
— Não, titia! Disse o contrário... que a senhora não mandou nada.
— Teve coragem de dizer isso, Poliana? — Paulina ficou mais vermelha que um cravo.
— A senhora mesma fez questão que ele soubesse disso! — Poliana arregalou os olhos, assustada com a reação da tia.
— Eu "disse", Poliana — suspirou Paulina —, que não mandava a geleia, mas não pedi que dissesse isso a ele, entendeu? — E saiu da sala, aborrecida.
— Não vejo diferença, meu Deus! — E Poliana pendurou o chapéu no cabide, exatamente onde Paulina queria que ela o deixasse.

Capítulo 16
Rosa vermelha e xale de renda

Uma semana depois que Poliana tinha visitado o senhor Pendleton, Timóteo levou a senhora Harrington a uma reunião da Auxiliadora. Paulina trazia o cabelo revolto, por volta das três horas, quando voltou. Poliana ficou surpreendida ao vê-la.

— Oh! Tia Paulina! — exclamou, dançando em volta da tia. — A senhora também tem!
— Tenho o quê? Posso saber, menina impossível?
Poliana continuava a dançar em volta da tia:

— E eu que não sabia! Como é que uma pessoa pode esconder as coisas tão bem, sem que ninguém perceba? Eu não poderia — continuou a menina, puxando os cabelos da tia por trás da orelha, para alisá-los.

— Que significa isso, Poliana? — indagou Paulina, tirando o chapéu e alisando o cabelo para jogá-lo para trás.

— Não faça isso, titia! Por favor! — suplicou a menina. — Deixe os cabelos assim, com esses lindos cachinhos negros. É deles que estou falando.

— Bobagem. Mas... que ideia foi aquela de aparecer na reunião da Auxiliadora e pedir em favor do menino mendigo?

— Bobagem nada! — exclamou Poliana, respondendo apenas à primeira parte da pergunta. — A senhora fica muito bem com o cabelo solto. Deixe-me penteá-lo, por favor... A senhora Snow apreciou muito a minha habilidade. Posso colocar um cravo no seu cabelo, se a senhora quiser... E ia ficar bem mais bonita do que a senhora Snow!

— Poliana! — A tia procurou falar duro para esconder a alegria que sentia; nunca lhe haviam dito tal coisa em relação ao seu cabelo. — Você não respondeu à minha pergunta. Que absurdo foi aquele na Auxiliadora?

— Bem, eu não sabia que era um absurdo, até que o caso do relatório me abriu os olhos... Vi logo que ele era mais importante para aquela gente do que o menino Jimmy. Então escrevi para as "minhas" Auxiliadoras e falei dele. O garoto está tão distante delas como quando me tornei a sua menininha da Índia, não foi, titia? Agora, deixe-me pentear o seu lindo cabelo.

Paulina levou a mão à garganta, sinal de que começava a fraquejar:

— Quando elas me contaram o que aconteceu, fiquei muito envergonhada, Poliana...

A conversa estava interessante — quanto mais Paulina falava das senhoras, mais a menina insistia no penteado:

— A senhora não disse que não, não disse que não! E quando não diz não já sei que é sim. Foi a mesma coisa com a geleia do senhor Pendleton... a senhora não mandou e não queria que eu dissesse que não mandou. Agora é tarde. Espere um pouco: vou apanhar o pente.

— Poliana, Poliana! — chamou Paulina, mas seguiu a menina em direção ao quarto.

— Ainda bem que a senhora veio — disse a menina. — Aqui está o pente. Sente-se, por favor. Que bom! Vai deixar que eu a penteie!

— Mas, Poliana, eu não...

Não terminou a frase. Viu-se sentada no banquinho da penteadeira e com os cabelos revoltos envolvidos pelos dez dedinhos ágeis.

— Seus cabelos são lindos! É natural que tenha mais cabelos que a senhora Snow. A senhora precisa ir a festas e fazer visitas e muita gente pode vê-la. Meu Deus! Como são compridos e sedosos! Todos vão ficar admirados! A senhora vai ver, titia, vou fazê-la tão bonita que todo mundo vai se admirar só de olhar para a senhora.

— Poliana! — exclamou a tia, escondendo o rosto numa cortina de cabelos caídos. — Nem sei por que estou deixando você fazer isso. Devo estar fora de mim!

— Ora, titia! Todos vão admirá-la e a senhora vai ficar contente. Gosto de coisas bonitas, e a senhora? Fico triste quando só vejo coisas feias.

— Mas...

— Gosto de pentear cabelos... já fiz isso várias vezes, lá na Auxiliadora. Mas cabelos bonitos assim, nunca vi. O da senhora White era bonito, e ela ficou uns dez anos mais jovem depois que a penteei. Tia Paulina, tive uma ideia, mas não posso falar! Espere um pouco, já volto. A senhora vai prometer não olhar para o espelho até que eu volte, está bem? — E saiu correndo do quarto.

Paulina pensava consigo mesma: "É melhor desfazer o penteado maluco e ajeitar o cabelo como de costume. Quanto a espiar, bem..." E deu uma olhadela, curiosa.

Foi um instante só, o suficiente, porém, para que ficasse corada como uma rosa: o espelho mostrava um rosto diferente, não jovem, é claro, mas muito remoçado! Seus olhos, com a surpresa, brilhavam, e os cabelos caíam em negros cachos sobre as orelhas, ainda brilhantes da umidade de uma manhã passada ao ar livre. Paulina estava tão perplexa que se esqueceu de desfazer o penteado. Foi então que Poliana reapareceu, e as delicadas mãozinhas da menina lhe tiraram a visão.

— Que é isso, Poliana?

— Não posso dizer, titia, é um segredo. — A menina ria a valer. — Fique quietinha, não se mova. Num minuto poderá ver a novidade. Agora, vou colocar este lenço, assim.

— Não faça isso, Poliana! — protestou a tia. — Você hoje está impossível! — E naquele instante algo macio caiu-lhe nos ombros.

A menina ajeitava com agilidade, sobre os ombros de Paulina, um lindo xale rendado, já usado e um pouco desbotado — por estar guardado há tanto tempo. Poliana e Nancy tinham encontrado o xale no sótão e, agora, havia decidido usá-lo. Terminou o penteado e deu um retoque final na arrumação do xale — a menina deu uma olhada para inspecionar o trabalho, corrigindo um ou outro detalhe do arranjo. Depois, levou Paulina para o terraço, onde uma rosa se abria no caramanchão.

— Que está fazendo, menina? — Paulina resistia o mais que podia. — Poliana, eu não...

— Vamos ao terraço, titia... só um momentinho. Logo termino tudo. — Apanhou a rosa e ajeitou-a num lado do cabelo de Paulina. — Agora, sim! — exclamou. — Oh, tia Paulina! — Desfez o laço do lenço e jogou-o longe, acrescentando: — Estou muito contente com o que fiz!

Paulina olhava-se, sem atinar com aquela transformação. De repente, soltou um grito e fugiu para o quarto. Poliana chegou à janela para ver se descobria o que havia espantado a tia e divisou, lá embaixo, uma charrete. Reconheceu-a e, animada, debruçou-se no peitoril:

— Doutor Chilton! Estou aqui...

— Vim ver você — respondeu o médico. — Desça por um instante, por favor.

Ao descer, quando passava pelo quarto de Paulina, a menina viu que a tia estava nervosa, retirando os alfinetes que lhe prendiam o xale ao ombro.

— Ora, Poliana! Quer me transformar em palhaço e deixar que me vejam assim?

— Mas, titia, a senhora estava tão bem! Tão linda... — Poliana ficou desapontada.

— Linda! — exclamou a tia, em tom de zombaria, jogando o xale ao chão e desfazendo o penteado.

— Não faça isso, titia, por favor! Não desmanche o penteado. Deixe assim como está.

— Nunca! — E os cabelos ficaram como antes: repuxados para trás.

Quase em lágrimas, Poliana desceu a escada para atender ao doutor.

— Queira vir comigo, Poliana! Aquele seu doente precisa de remédio.

— Quer que eu vá buscar algum remédio na farmácia? Sei como se faz... muitas vezes fiz isso na minha Auxiliadora.

— Não é isso — respondeu o doutor. — Falo do senhor Pendleton... ele quer vê-la agora mesmo. Já não está chovendo e eu posso levá-la até lá. Está bem? Depois a trarei de volta.

— Está bem, doutor. Vou falar com tia Paulina.

Reapareceu logo depois, já de chapéu e pronta para ir. Porém tinha um ar preocupado em seu rosto.

— Sua tia concordou? — indagou o médico, desconfiado daquela rapidez.

— Claro. Consentiu até demais e agora estou com medo... — suspirou, acrescentando: — Suponho que ela não queira que eu vá, pois respondeu assim: "Vá, corra! Já devia ter ido há mais tempo."

O doutor deu um leve sorriso, mas preocupou-se. Fez uma pausa e, depois, perguntou:

— Quem estava no terraço com você? Era sua tia?

— Ela mesma... e daí o motivo da zanga, eu acho. Era ela, toda enfeitada com um lindo xale rendado que encontrei no sótão e de cabelos penteados por mim. Uma rosa do lado, o senhor viu? Não estava linda?

O doutor pensou um pouco e admitiu:

— Sim, Poliana. Ela estava muito linda, mesmo...

— O senhor gostou? Vou dizer isso a ela.

— Não faça isso! — apressou-se em dizer, para surpresa da menina. — Nunca lhe diga isso, ouviu?

— Por quê? Não há mal nenhum, eu acho até que ela ia gostar.

— Mas não diga. Ela pode se zangar com você e comigo.

— Bem... — Poliana suspirou. — Agora me lembro: quando ela viu o senhor, correu para o quarto e depois disse que eu estava querendo transformá-la em palhaço.

— Deve ter sido isso mesmo — murmurou o doutor.

— Não vejo motivo para tanta ira. Estava linda ou não estava a minha tia?

O doutor nada mais disse até chegar à casa do senhor Pendleton.

Capítulo 17
"Tal como num livro"

John Pendleton recebeu Poliana com um sorriso diferente:

— Muito bem, senhorita. Estive pensando muito na sua pessoinha. Você deve ser muito caridosa para atender tão depressa ao meu chamado.

— Ora, senhor Pendleton. Estou muito contente por ter vindo e não estaria se não viesse.

— Mas da última vez fui um pouco grosseiro, no dia em que me trouxe a geleia, lembra-se? E também no dia em que quebrei a perna. Se não me engano, nem agradeci os favores que me fez. Por isso, digo e repito que foi muito caridosa em ter vindo, apesar de tudo.

— Mas eu fiquei muito contente de tê-lo encontrado naquele dia — Poliana ficou um tanto atrapalhada: — Não por ter quebrado a perna, é claro.

— Entendo. Às vezes nos atrapalhamos, não é? De todo modo, senhorita Poliana, fico-lhe muito grato. Você foi uma heroína, ajudando-me como fez. Também agradeço a geleia que trouxe.

— Gostou?

— Muito. Como hoje não trouxe nada, suponho que sua tia tenha feito objeções — disse, com um sorriso matreiro.

— Não, senhor. Naquele dia, minha intenção era outra. Não queria ser rude com o senhor, quando falei que tia Paulina não havia mandado a geleia... — Poliana continuava atrapalhada. O senhor Pendleton já não sorria — tinha o olhar perdido, como se divagasse. Depois, suspirando, virou-se para a menina, e sua voz tremia de leve quando disse:

— Escute, não pedi que viesse para ouvir minhas queixas. Vá até a biblioteca, aquela sala grande do telefone, e procure uma caixa na prateleira de baixo, junto à chaminé da lareira. Deve estar lá, a menos que a mulher que "desarruma" tudo a tenha tirado do lugar. Traga a caixa... e tome cuidado, ela é um pouco pesada.

— Pode deixar — disse Poliana. — Sou bastante forte. Posso trazer até duas caixas.

Momentos depois estava de volta, com a caixa. Nela o senhor Pendleton mantinha seus tesouros... curiosidades que havia guardado de suas viagens por terras estranhas, cada uma relembrando uma região distinta. Entre elas, um jogo de xadrez em marfim, trazido da China, e um ídolo de jade de terras da Índia. Depois de ouvir a história do ídolo de jade, ocorreu a Poliana uma triste recordação. Com voz trêmula, disse:

— Pelo que sei, mais vale tomar conta de um menino da Índia, um daqueles que acreditam em ídolos, do que ajudar o garoto Jimmy, que sabe que Deus está no céu. Ainda não me conformei com a recusa delas...

John Pendleton parecia não ouvir. Continuava com o olhar vago. Depois, apanhou outro objeto da caixa e passou a falar dele. Poliana ouvia-o maravilhada e, do meio para o fim da conversa, passaram a falar de outros assuntos. Falaram deles mesmos, de Nancy, de Paulina. Poliana contou toda a sua vidinha na distante cidadezinha do Oeste. Quando se preparava para partir, o senhor Pendleton fez uma observação, quase severa:

— Venha me ver sempre que puder, menina. Sou um homem sozinho e preciso de alguém aqui, de vez em quando. Há outra razão: quando soube quem era você, desejei não voltar a vê-la, porque me recorda justamente alguém que quero esquecer. Tinha decidido isso, apesar dos esforços do doutor, que me aconselhava a vê-la sempre. As coisas se modificaram, descobri que necessitava de sua companhia e o fato de não vê-la só aumentava em mim a lembrança da pessoa que procuro esquecer. Por isso é que desejo que venha sempre. Concorda?

— Claro, senhor Pendleton! Estou mais contente ainda! — O rosto da menina irradiava de tanta alegria que provocou um sorriso do homem.

— Obrigado — murmurou ele.

Depois do jantar, Poliana foi conversar com Nancy na copa. Contou-lhe toda a conversa que tivera com o senhor Pendleton, descrevendo todos os objetos que havia na caixa.

— Nossa! E pensar que ele lhe mostrou aquilo tudo e, ainda por cima, conversou a respeito... Ele, que é tão esquisito e não fala com ninguém... — Nancy estava admirada.

— Ora, o senhor Pendleton não é tão esquisito assim, Nancy. Só por fora — explicou a menina. — Não sei por que todos pensam que ele é mau. Talvez mudassem de opinião se o conhecessem melhor. Até tia Paulina o detesta. Não somente não lhe mandou a geleia como fez questão de esconder que ela sabia que eu estava levando a geleia. Dá para entender?

— Bem, talvez ela tenha pensado que não era seu dever mandar a geleia — observou Nancy. — Não entendo como foi acontecer isso: o senhor Pendleton vir precisar de você. Ele que nunca pede nada a ninguém.

— Pois aconteceu, Nancy. Custou, mas aconteceu. No princípio foi uma guerra, ele reagia muito. Mas ontem confessou que não queria me ver mais porque eu o fazia lembrar de alguém que ele devia esquecer...

— Como é?! — perguntou Nancy, excitada pela emoção. — Falou que você lembrava alguém que ele queria esquecer?

— Falou, sim.

— Disse o nome?

— Não.

— É isso! — exclamou Nancy. — Descobri o mistério! Agora sei por que ficou tão esquisito no começo, menina. Igualzinho aos romances que tenho lido... *O segredo da senhora Maud*, *O herdeiro desaparecido* ou *Oculto durante anos*, todos cheios de mistérios. Nossa! Estava embaixo do meu nariz e eu não via nada! Agora, por favor, conte-me tudo, exatamente como ele falou. E só falou porque simpatizou com você! Por isso!

— Mas no começo ele nem queria falar comigo. Não sabia quem eu era, até que levei a geleia e expliquei que tia Paulina não tinha nada a ver com aquilo.

— Agora eu sei, eu sei! — Nancy pulava e batia palmas de contente.

Sentou-se junto à menina e perguntou:

— Pense bem e responda. Não foi depois que ele soube que era sobrinha da senhora Paulina que resolveu não vê-la mais?

— Isso mesmo — confirmou Poliana. — Foi o que me confessou hoje.

— E a senhora Paulina não queria que você levasse a geleia, não é mesmo? — murmurou Nancy, triunfante.

— Não, não queria.

— Você contou ao senhor Pendleton que não era ela quem mandava a geleia?

— Claro que contei. Mas o que tem isso...

— Então, notou que ele começou a ficar esquisito, talvez chorando ou quase... logo que soube que era sobrinha da senhora Paulina?

— Bem... ele ficou um pouco diferente, é isso mesmo! — respondeu Poliana, já preocupada.

— Descobri, descobri! — concluiu Nancy. — Agora, escute: o senhor John Pendleton foi o namorado da senhora Paulina Harrington! — O tom de voz de Nancy era o de quem descobriu a América.

— Não pode ser, Nancy! Ela não gosta dele.

— Não gosta agora. Mas já gostou. Deve ter havido uma briga...

Poliana sorria, sem acreditar no que ouvia, e Nancy se dispunha a desvendar o caso:

— É como lhe falei. Quando você chegou aqui, o senhor Tomás me contou algo sobre o antigo namorado da senhora Paulina, e eu não acreditei. Achei impossível alguém ter gostado dela. O senhor Tomás explicou que essa pessoa ainda andava pela cidade. Agora eu sei. Só pode ser o senhor Pendleton! Veja bem: ele não se fechou em casa como numa prisão? Não ficou esquisito quando soube que a menina era sobrinha dela? E agora não confessou que você faz com que ele se recorde de alguém que quer esquecer?

Não está claro? Claríssimo! Por isso ela não queria que você levasse a geleia... Claro como água, menina!

— Mas... — concluía Poliana. — Se eles se gostavam de verdade, deviam ter feito as pazes logo depois da briga. E deveriam ter ficado contentes com isso, não acha?

— É muito cedo para você aprender certas coisas. — Nancy fez um gesto indecifrável. — Ouça o que lhe digo... Há namorados que não têm jeito para fazer o jogo do contente... vivem brigando ou estão sempre "tal como num livro", tristes como aqueles dois... — Nancy fez uma pausa e, lembrando-se de alguma coisa, sugeriu: — Eis um belo serviço para você! Ensinar o jogo do contente aos dois e fazer com que se reconciliem. Será que você é capaz de realizar esta façanha?

Poliana nada disse, ficou o resto do dia pensando na conversa.

Capítulo 18
Prisma

Depois que os dias quentes do mês de agosto passaram, Poliana começou a ir com mais frequência à casa do senhor Pendleton. Mas suas visitas não obtinham o resultado que ela esperava. Muitas vezes ele mandava chamá-la, prova de que apreciava sua companhia, e tudo transcorria sem novidades: nem mesmo o homem se mostrava mais feliz do que antes.

O senhor Pendleton conversava muito, mostrava-lhe tudo o que possuía — livros, desenhos, curiosidades, lembranças de viagens —, mas nunca deixava de se queixar. Falava de sua solidão e do rigor com que a casa era agora administrada. Gostava de ouvir a menina, e às vezes Poliana desconfiava que suas palavras o afetavam a tal ponto que a expressão de sofrimento em seu rosto devia ser reflexo delas. Quanto ao jogo do contente, ainda não havia surgido oportunidade de praticá-lo.

As dúvidas de Poliana se dissiparam. Já sabia que ele tinha sido namorado de tia Paulina. E teria de fazer um enorme esforço no sentido de juntar as duas almas numa reconciliação. Ainda não sabia o que nem como fazer para uni-los. Poliana falava da tia e ele escutava, às vezes polidamente, sem interromper, ou, irritado, deixava transparecer a inquietação em que vivia.

Quando Poliana falava de Pendleton a Paulina, quase nunca chegava a concluir o que dizia: a tia mudava de assunto. Com relação ao doutor Chilton, ocorria o mesmo: Paulina ficava irritada. Poliana atribuía esta implicância ao fato de a tia ter ficado zangada quando foi vista pelo doutor, no terraço, de xale nos ombros e cravo nos cabelos. A tia parecia particularmente amarga com relação ao médico, foi o que a menina descobriu no dia em que amanheceu resfriada.

— Se não ficar boa logo, vou chamar o médico — havia dito Paulina.

— Nesse caso, vou piorar — retrucou Poliana. — E ficarei muito contente se o doutor Chilton vier me ver.

— Não pretendo chamar o doutor Chilton — advertiu a tia, categórica. — O médico da família é o doutor Warren.

Poliana melhorou e o doutor Warren não foi chamado.

— Estou muito contente — disse a menina. — Gosto do doutor Warren, mas prefiro o doutor Chilton. Acho até que ele ia ficar triste se não fosse chamado... Afinal, a culpa não foi dele... quando viu a senhora com aquele xale e um cravo no cabelo. Aconteceu por acaso. E a senhora estava tão bonita...

— Basta, menina. Não quero mais falar disso — interrompeu Paulina.

A menina dirigiu-lhe um olhar indagador e suspirou:

— Gosto de ver a senhora assim, corada, como agora e... gostaria muito de penteá-la de novo. Se a senhora... Tia Paulina! Tia Paulina!

Paulina já estava longe.

Agosto despedia-se, e Poliana resolveu fazer uma visita matutina à casa de John Pendleton. Logo que chegou, chamou-lhe a atenção uma faixa de luz projetada sobre o travesseiro do amigo e exclamou:

— Senhor Pendleton, veja! Tem um filhote de arco-íris no seu travesseiro! Como será que entrou aqui?

O homem sorriu com algum esforço: não parecia estar num dos seus melhores dias.

— Vem do termômetro, ali na janela. O sol bate nele de manhã. — A explicação saiu em voz fraca.

— É tão bonito! É o sol que faz isso? Interessante... Se fosse meu, aquele termômetro ia ficar o tempo todo debaixo do sol.

— E como o termômetro ia cumprir sua obrigação de marcar a temperatura dentro de casa?

— Não faria mal — respondeu a menina. — Quanta coisa tem vida ao ar livre, debaixo do sol!

Pendleton olhou para a menina e, de repente, teve uma ideia e tocou a campainha. A empregada apareceu e ele pediu:

— Nora, traga-me um dos candelabros da sala.

Um tanto surpresa com o pedido, ela retirou-se para logo voltar com o candelabro, cintilante com seus pingentes de cristal.

— Ponha-o ali, naquela mesa. Agora ligue, de janela a janela, aquele fio que está em cima da mesa. Aí mesmo, está bem. Obrigado, pode sair.

Assim que a empregada saiu, chamou Poliana e disse:

— Traga o candelabro aqui.

A menina obedeceu e, com cuidado, segurou o candelabro com as duas mãos e levou-o até perto da cama. Pendleton separou os pingentes, um a um, colocando-os em fila sobre o travesseiro, até formar uma dúzia:

— Agora, pendure-os no fio. Se quer um mundo de arco-íris, vai ter um todo seu. E agora mesmo.

Depois de pendurar o quarto pingente, observando o que acontecia, Poliana ficou tão contente que, com as mãozinhas tremendo, teve até dificuldade em pendurar os demais. Mas completou a obra e, recuando, viu que o aposento tinha se transformado num conto de fadas: por todos os lados as luzes pareciam dançar, vermelhas, azuis, verdes, roxas, alaranjadas, douradas, passeando pelas paredes e pelos móveis, até pelo corpo do senhor Pendleton.

— Que beleza! Até o sol gosta de fazer o jogo do contente! — exclamava ela, esquecida de que o senhor Pendleton não conhecia o tal jogo. — Que bom se eu pudesse distribuir esses geniozinhos luminosos para tia Paulina, a senhora Snow e para todos os que precisam de alegria! Aposto que tia Paulina ficaria tão contente que seria capaz de bater duas ou três portas, ela que nunca teve oportunidade de bater uma ao menos! Deve ser lindo viver dentro de um arco-íris!...

Pendleton observava a menina, extasiado, e disse:

— Pelo que conheço de sua tia, seria preciso mais que uma dúzia de pingentes para fazê-la bater portas. Mas e o tal jogo? Como se joga?

— É verdade, esqueci. O senhor ainda não o conhece.

— Mas quero aprender. Por que não me ensina?

Poliana não podia deixar escapar a ocasião. Contou a história toda, desde as muletinhas que vieram em lugar da boneca, falando sempre sem olhar para o ouvinte, os olhos presos no festival de luzes coloridas.

— E é tudo — disse, ao terminar. — Agora o senhor pode compreender por que eu falei que o sol estava brincando de contente.

Fez-se um silêncio. Depois, em voz fraca e comovida, o senhor Pendleton observou:

— Talvez eu compreenda... Mas, para mim, o mais belo de todos os prismas é você, menina.

— Eu? Por quê? Eu não irradio cores azuis, vermelhas ou verdes quando o sol bate em meu rosto, senhor Pendleton!

— Acha que não. — O homem sorriu, com lágrimas nos olhos.

— Ora, batendo em mim, o sol só faz aumentar as minhas sardas — respondeu a menina, com certa tristeza.

Pendleton virou o rosto para o lado, reprimindo um soluço.

Capítulo 19
Surpresa

Setembro chegou, e Poliana foi para a escola. O exame de admissão mostrou que estava adiantada para a sua idade, e ela foi incluída numa classe mista de crianças de 11 anos.

Se a escola, sob muitos aspectos, foi uma surpresa para Poliana, ela foi surpresa ainda maior para a escola. E as duas — ela e a escola — se deram tão bem que a menina, certo dia, chegou a dizer à tia que a escola era uma "coisa viva", apesar das dúvidas que havia no começo.

Apesar da nova rotina, Poliana não tinha esquecido os velhos amigos. Só que, agora, não podia dedicar a eles muito tempo. O senhor Pendleton foi quem mais reclamou. Num sábado, não se conteve e fez à menina a seguinte proposta:

— Que acha de vir morar comigo? Senti muito sua ausência nos últimos tempos.

Poliana sorriu: "O senhor Pendleton é tão engraçado, às vezes." Mas, pela expressão em seu rosto, percebeu logo que ele não falava de brincadeira.

— É isso mesmo — continuou o homem. — Senti vontade de ter você comigo, depois que aprendi o jogo do contente. Estou satisfeito, como vê, de ter quem me ajude e trate de mim... mas logo estarei de pé. — E, levantando a muleta que estava ao lado, exclamou: — Quero saber com quem conto por aqui!

Os dois estavam na biblioteca e o cão se estendia a seus pés, junto da lareira. A menina falou:

— A verdade é que o senhor não está contente, ainda, com o que tem, só diz que está, senhor Pendleton. Precisa jogar mais, tem de seguir a regra. E o senhor nem mesmo sabe que não sabe.

— Por isso mesmo é que a quero aqui, Poliana. — O rosto do homem se tornou sombrio. — Preciso de ajuda... no jogo, entende? Quer morar comigo?

— Está pensando mesmo no que diz, senhor Pendleton? — Poliana não contava com aquela insistência.

— Claro que estou. Preciso de você. Quer morar aqui?

— Não posso — respondeu a menina. — O senhor sabe que pertenço à minha tia.

Um estranho brilho surgiu nos olhos do senhor Pendleton. Inesperadamente, levantou um pouco a cabeça e disse:

— Não é mais dela do que... Talvez ela concordasse, se lhe pedíssemos. Nesse caso, você viria?

— Ela é tão boa para mim! — reagiu Poliana, franzindo a testa como se refletisse profundamente. — Tem sido assim desde que fiquei só, sem ninguém no mundo a não ser as senhoras da Auxiliadora e...

De novo o estranho brilho apareceu nos olhos do homem, porém passou logo e ele confessou com melancolia:

— Ouça, Poliana. Há tempos amei tanto alguém que pensei mesmo em trazê-la para esta casa. Sonhava com uma vida inteira de felicidade.

Poliana ouvia, sensibilizada. Pendleton continuou:

— Aconteceu que não consegui, e o motivo não importa. Não deu certo. E este frio amontoado de pedra e cal ficou sendo o que é: uma casa e não um lar. Um lar necessita da mão de uma mulher ou do sorriso de uma criança. Não tive nem uma nem outra. Quer vir morar comigo, Poliana?

A menina se pôs de pé, com o rosto iluminado:

— O senhor está dizendo que queria ter aqui uma presença de mulher?

— Foi o que sempre quis, Poliana.

— Oh, estou muito contente! É só o senhor ficar com nós duas e tudo acabará bem.

— Ficar com as duas? — indagou o homem, desnorteado.

O tom de voz do senhor Pendleton fez a dúvida voltar ao coração da menina. Ainda assim, ela continuou:

— Bem, tia Paulina até agora não sabe de nada. É preciso conquistá-la e posso garantir que conseguirá isso, basta proceder com ela como fez comigo. Então, as coisas se arranjam.

— Sua tia Paulina aqui? Morando aqui? — O homem parecia aterrorizado.

— Ou prefere ir para "lá"? — perguntou a menina, indecisa. — A casa de tia Paulina não é tão linda quanto a sua, mas, em compensação, fica mais perto da cidade.

— Você está brincando, Poliana! — exclamou ele, com os olhos arregalados.

— Eu é que não estou entendendo — disse a menina e dessa vez realmente surpresa. — Se o senhor a deseja para a vida inteira e não quer que ela more aqui, está claro que o senhor terá de ir morar "lá".

Foi então que a empregada apareceu, avisando que o doutor tinha chegado. Poliana levantou-se, e o senhor Pendleton pediu, suplicante:

— Por favor! Não fale a ninguém sobre o que estivemos conversando, sim?

— Pode ficar descansado, senhor Pendleton. — Poliana lhe piscou um olho. — Vamos esperar que o senhor mesmo diga a ela, tudo bem?

Desanimado, John Pendleton afundou na poltrona.

— Que aconteceu? — perguntou o doutor, entrando e tomando-lhe o pulso agitado. Pendleton sorriu, resignado.

— Abusei do seu remédio, doutor. E aí está o resultado... — disse ele, ao ver que o médico seguia com os olhos, através da janela, a figura da menina que se afastava.

Capítulo 20
Mais surpresas

As manhãs de domingo eram reservadas ao serviço religioso da escola. De tarde, Poliana passeava com Nancy. Numa dessas tardes, cruzou com o doutor Chilton, que a convidou:

— Venha comigo. Estou indo até a casa da senhora Paulina. Queria falar com você. Suba na charrete.

— Pode dizer, doutor. — Poliana despediu-se de Nancy, que continuou seu passeio.

— O senhor Pendleton pediu que eu lhe dissesse que quer vê-la esta tarde. Disse que se trata de assunto muito importante.

— Já sei o que é, doutor! — Poliana ficou entusiasmada. — Vou agora mesmo.

— Não sei se devo levá-la até lá. Da última vez você agiu mais como excitante do que como calmante. Não sei se devo repetir a dose — concluiu o doutor, estranhando aquele entusiasmo.

— Mas não fui eu a causa da agitação dele, doutor! — Poliana sorria alegremente. — Como o senhor deve saber, tia Paulina foi a verdadeira causa.

— Sua tia? Como aconteceu isso? — indagou o médico.

— Claro que foi ela. — A menina se mexia no assento. — O caso é tão excitante como o capítulo principal de um livro. Prometi não contar nada, mas aos médicos a gente pode falar tudo. Quando ele me pediu que não dissesse nada, estava se referindo a ela.

— Ela? Quem é ela?

— Tia Paulina, ora! E isso porque ele queria explicar-lhe pessoalmente, o senhor sabe... os namorados são todos iguais!

— Namorados! E essa, agora... — Sem querer, o médico deu um golpe nas rédeas, fazendo tropeçar o cavalo que puxava a charrete.

— Isso mesmo, doutor, namorados! Eu decifrei o mistério. Nancy sabia que tia Paulina teve um namorado, com quem acabou brigando. Mas Nancy não sabia de quem se tratava. Puxando daqui e dali, descobriu que era o senhor Pendleton!

O cavalo tropeçou de novo e parecia que o doutor Chilton não era muito seguro como cocheiro.

— Não pode ser! — exclamou. — Ele nunca me falou sobre isso.

Já estavam perto da casa de Paulina e Poliana acelerou o ritmo da narrativa:

— Eu lhe digo que é verdade... e isso me agrada. O senhor Pendleton perguntou se eu queria morar com ele e eu disse que não podia deixar minha tia, que tanto tem me ajudado. Aí, ele falou no caso de uma mulher cuja mão e coração desejava ter em casa. E ainda quer, ele confessou. Fiquei alegre ouvindo essa confissão... isso quer dizer que ele deseja fazer as pazes e, sendo assim, nós duas, eu e tia Paulina, iremos morar na casa dele. Ou ele virá para a casa de tia Paulina. Nada ficou resolvido, é só uma ideia. Como o romance ainda está na metade, acho que ele quer falar comigo justamente sobre isso.

— Muito bem — disse o doutor, com uma expressão estranha e parando a charrete na frente da casa. — Agora compreendo por que o senhor Pendleton mandou chamá-la com tanta ansiedade.

— Lá está minha tia! — exclamou Poliana. — Ora, desapareceu... ou será que me enganei?

— Bem, não vejo ninguém lá... agora — disse o doutor, e seu rosto refletiu um misto de tristeza e desencanto.

À tarde, Poliana foi visitar o senhor Pendleton e o encontrou muito nervoso. Logo que a menina se aproximou, disse:

— Estive pensando a noite toda sobre o que falamos a respeito da senhora Paulina. Quero que me explique o que há de verdade em tudo isso.

— Ora, só sei que o senhor e tia Paulina já foram namorados e estou tentando fazer com que se reconciliem.

— Namorados? Eu e sua tia? — Havia tanta surpresa no tom de voz do senhor Pendleton que a menina arregalou os olhos e falou:

— Foi o que Nancy provou, sem qualquer dúvida.

— Pois eu lhe digo que essa Nancy está enganada.

— Nunca foram namorados, é isso? — a menina parecia desapontada.

— Nunca!

— Então, não aconteceu como nos romances?

Pendleton não respondeu, observando, pensativo, a paisagem que via da janela.

— Sinto muito, senhor Pendleton. Tudo ia tão bem... eu já estava alegre por vir morar aqui com tia Paulina...

O homem mudou de expressão e comentou, de repente:

— Antes que você passasse a ser da tia Paulina, você pertencia a sua mãe... e o que eu queria era o coração... a mão dela, Poliana.

— Minha mãe?!

— Sim, sua mãe. Eu não precisava lhe dizer isso, mas o que está feito está feito — confessou Pendleton, com certa amargura. — Amei muito sua mãe, mas não fui correspondido. Ela se foi para sempre, casada com outro homem... seu pai. Minha vida se encheu de sombras... e agora que importância tem isso? Tornei-me a criatura que todos conhecem: grosseiro, arredio, desagradável, assim como você me vê. Envelheci e fique sabendo que ainda não tenho sessenta anos. Até que você apareceu, iluminando minha vida, tal como um prisma atravessado por um raio de sol. Soube quem era você e, para não reavivar a recordação da mulher que tanto quis, cheguei a desejar não voltar a vê-la... Mas isso não deu resultado. Minhas esperanças agora se resumem em tê-la aqui. Quer vir, Poliana?

A menina tinha os olhos cheios de lágrimas:

— E tia Paulina, senhor Pendleton? Não posso... não sou dona de mim. Pertenço à minha tia.

— Tia Paulina, tia Paulina... E eu? Como quer que eu fique contente se me abandona? Depois que a encontrei minha vida começou a ter outro sentido. E, se a tivesse como filha, então eu saberia o que é viver, ficaria contentíssimo. Seus desejos, Poliana, seriam satisfeitos e minha fortuna, até o último centavo, seria empregada em fazê-la feliz.

— Senhor Pendleton — disse a menina, um tanto ofendida —, uma pessoa com tanto dinheiro não precisa de mim para ficar contente. Mais justo seria que o empregasse para tornar outras pessoas felizes, gente que precisa de verdade... acho que isso, sim, poderia fazê-lo contente. Não foi assim com os prismas de cristal que deu à senhora Snow e a moeda de ouro que deu a Nancy?

— Eu sei — respondeu o homem que muitos consideravam avarento. — Mudei muito e por sua causa, Poliana. Não fui eu que dei aqueles presentes, foi você... Não posso fazer o jogo do contente sem ter você a meu lado... E só há um meio de resolver isso: você deve vir jogar comigo.

— Tia Paulina tem sido tão boa para mim! — Poliana estava cada vez mais confusa, até que o conhecido mau humor de Pendleton trouxe-a à realidade:

— É claro que ela tem sido bondosa com você, mas a senhora Paulina não precisa tanto de você como eu. Entenda!

— Só que ela está... contente comigo... lá em casa.

— Contente?! — O homem ficou irritado. — Aposto como ela não sabe o que é estar contente... Só conhece o dever, só obedece ao dever, é escrava dele... Houve um tempo em que eu também pensava assim. Conheço-a bem, já fomos amigos por 15 ou vinte anos e sei que ela não é do tipo "contente", Poliana. Fale com ela sobre o pedido que lhe fiz para deixar você vir morar comigo e ouça o que ela lhe dirá. Por favor, minha amiguinha! Preciso muito de você aqui!

— Está bem, vou falar com ela. — Poliana começou a soluçar. — Não estou dizendo que não quero vir morar com o senhor, mas... de qualquer modo estou contente por não ter falado nada com tia Paulina sobre isso. Do contrário, ela...

John Pendleton se sentia amargurado, e seu riso refletia mais desânimo que esperança:

— Muito bem, Poliana. Foi bom não ter dito nada.

— Só falei com o doutor Chilton — disse a menina. — Afinal, médico é diferente.

— Falou com o doutor Chilton? — perguntou Pendleton, virando-se bruscamente.

— Disse ao doutor, hoje, quando ele me falou que o senhor queria me ver.

Pendleton reclinou-se na poltrona e, mais atento ainda, perguntou:

— E o que disse ele?

— Nem me lembro mais — respondeu Poliana, fazendo um esforço para recordar. — Ah, ele respondeu que agora entendia a razão do seu pedido, da sua insistência em que eu viesse o mais depressa possível.

— Foi o que ele disse, então? Hum!... — resmungou Pendleton, e a menina não compreendeu o sentido da expressão fechada em seu rosto.

Capítulo 21
Um primeiro esclarecimento

Nuvens espessas cobriam o céu quando Poliana chegou ao pé da colina. Com um guarda-chuva na mão, Nancy tinha vindo ao seu encontro. Vagarosamente, as nuvens se afastavam.

— Vão para o Norte, como eu previa — disse Nancy. — A senhora Paulina mandou que eu viesse buscá-la assim mesmo. Ela está aborrecida por sua causa.

— Está? — Poliana tinha o rosto voltado para as nuvens.

— Você nem ouviu o que eu disse — observou Nancy, zangada. — Falei que a senhora Paulina está aborrecida com você.

— Desculpe, Nancy. Não tive a menor intenção...

— E isso me deixa contente — disse Nancy, inesperadamente. — Muito contente mesmo!

— "Contente" porque tia Paulina está aborrecida comigo? Nancy, não é assim que se faz o jogo. Ficar contente por esse motivo! Que ideia!

— Não se trata do jogo, Poliana. Será que a menina não percebeu o que significa a senhora Paulina se aborrecer por sua causa?

— Ora, aborrecimento é aborrecimento. Mas, seja o que for, é uma coisa horrível.

— Escute, então. Isso quer dizer que ela está mais humana, já não se prende muito ao tal dever.

— Como assim? — Poliana ficou escandalizada. — Tia Paulina nunca ia deixar de cumprir o seu dever quando fosse preciso. É uma "escrava do dever" — afirmou, repetindo as palavras do senhor Pendleton.

— Realmente, ninguém pode negar que sempre foi assim. — Nancy sorria. — Mas desconfio que ela ficou diferente depois que a menina apareceu por aqui.

— É isso o que eu quero saber, Nancy. Você acha que ela está satisfeita comigo? E que ficaria aborrecida se eu me fosse? — As perguntas de Poliana pareciam aflitas.

Nancy, que já esperava por essas perguntas, não sabia o que responder, com medo de magoar a menina. Agora, diante de fatos novos, como aquele de mandar buscar Poliana levando o guarda-chuva, sentia-se até satisfeita em ser indagada. E convencia-se de que a resposta não machucaria o coração da menina.

— Se gosta de ter você em casa? Se ia sentir sua falta, caso fosse embora? — repetiu, em tom forte. — Que perguntas! Não me mandou à sua procura, com o guarda-chuva, só porque apareceu alguma nuvem no céu? Não trocou o seu quarto quando você falou que queria um pouco mais de conforto? Ora, Poliana! Quando penso na senhora Paulina de antes e a vejo agora, noto a grande transformação... E eu quase cheguei a odiá-la... — Nancy fez uma pausa, sentindo que havia dito algo que não devia. Depois, confirmou: — E tem mais. Certos detalhes mostram como você amansou o coração dela... Lembra-se do gatinho e do cachorro? Se ela vai sentir sua ausência, está claro que vai — terminou Nancy, entusiasmada e, ao mesmo tempo, surpresa com a súbita alegria que notou no rosto da menina.

— Ah! Nancy! Estou contente de ouvir isso! Sinto-me feliz em saber que tia Paulina me quer de coração!

"Agora não posso deixá-la…", pensava Poliana, enquanto ia para o quarto. "Eu sempre quis viver com ela, e não sabia que ela gostava tanto de mim. Agora, tudo está claro…"

Não foi fácil comunicar ao senhor Pendleton a decisão final. Poliana gostava dele e não queria magoá-lo, sobretudo agora que conhecia o amor que ele havia dedicado a sua mãe.

Em pensamento, viu o solitário amigo já curado, outra vez sem ninguém que o servisse, os móveis empoeirados e a imensa casa silenciosa. Se pelo menos encontrasse alguém que… De súbito, a menina soltou um grito de alegria: tinha achado uma solução.

Com a ideia a lhe ferver na cabeça, correu para a casa de Pendleton e encontrou-o na biblioteca, onde os dois começaram a conversar.

— E então, querida? Já resolveu jogar comigo o jogo do contente pelo resto da vida? — perguntou Pendleton, ansioso.

— Já pensei no caso e achei uma solução que pode fazê-lo feliz.

— Só espero que a solução inclua você, Poliana. Eu só poderia ser feliz com você aqui…

— Só comigo, não. Há muita gente neste mundo…

— Por favor, Poliana! Não me desiluda. Não diga… que não quer vir — suplicou o homem.

— Tenho de dizer não, senhor Pendleton. Pertenço à tia Paulina.

— Chegou a falar com ela? E então?

— Não falei nada. Não é necessário.

— Poliana!

A menina baixou os olhos para não ver a decepção e a dor estampadas na face do amigo.

— Quer dizer que nem chegou a falar com ela!

— Não pude, não tive coragem — murmurou a menina, um pouco confusa. — Mas tive a resposta sem chegar a fazer a pergunta. Quero e devo ficar com tia Paulina, que tem sido boa para mim... e também já começou a jogar o jogo do contente, ela que nunca se contentou com coisa alguma, como o senhor sabe. Agora não posso deixar tia Paulina.

Fez-se longo silêncio — apenas crepitava a lenha na lareira. Depois, Pendleton disse:

— Está bem, Poliana. Você não pode deixá-la... agora. Não tocarei mais no assunto... — A última frase foi dita quase num murmúrio.

— O senhor não sabe do melhor. Juro que não sabe — recomeçou a menina, preparando-se para entrar na segunda parte. — Tive uma ótima ideia para resolver o seu caso... a melhor possível...

— Não para mim, Poliana.

— Para o senhor, ora! Lembre-se de que queria a mão de uma mulher, ou a presença de uma criança na casa, para fazê-lo feliz. Pois bem... uma ou outra, o senhor falou. Eu arranjei a "outra"... a criança... não eu, outra criança.

— Para mim só existe você — disse o homem.

— Não sou a única, vai ver. O senhor tem bom coração, vi isso quando deu os prismas à senhora Snow e a moeda a Nancy e com todo o dinheiro que está guardando para ajudar os pagãos.

— Não diga mais nada. — O homem recobrava o mau humor. — Acabe com essas bobagens! Nunca dei um níquel a ninguém, a verdade é essa...

E Pendleton ergueu a cabeça com orgulho, para deixar Poliana chocada. Entretanto, a menina tinha no semblante uma expressão alegre:

— Estou tão contente! O senhor não vai precisar procurar muito um menino da Índia para fazer caridade, como as Auxiliadoras, sabe? Pode adotar Jimmy Bean... sei que o senhor vai gostar dele.

— Gostar de quem?

— De Jimmy... a criança de que lhe falei e que o senhor tanto quer! Estou muito contente com isso e quando me encontrar com ele vou lhe dar a notícia. Jimmy vai pular de alegria, já que as senhoras da Auxiliadora não o aceitaram...

— É mesmo? — perguntou o homem com ironia. — Tire essa ideia da cabeça... não quero esse Jimmy, ouviu?

— Quer dizer que não o aceita em sua casa?

— Claro que não.

— Mas ele será "a presença de uma criança"! — exclamou a menina, quase chorando. — O senhor mesmo falou que não quer ficar sozinho... Com Jimmy aqui, isso não acontecerá.

— Estou certo de que sim — disse o homem. — Mas nesse caso prefiro a solidão.

De repente, Poliana lembrou-se do que Nancy havia dito, algumas semanas antes, e quase gritou:

— Quer dizer que dá mais importância a um esqueleto velho do que a um "menino vivo"? Eu penso o contrário, sabia?

— Um esqueleto?

— Isso mesmo, um esqueleto. Nancy me disse que o senhor tem um escondido no armário.

Pendleton não pôde resistir. Esticou-se na poltrona e caiu na gargalhada. Ria tanto que Poliana começou a ficar nervosa e a chorar. Ao vê-la assim, Pendleton interrompeu o riso e disse:

— Acho que você tem razão, Poliana. Reconheço que um menino em carne e osso vale mais que "o esqueleto que tenho escondido no armário". O problema é que nem sempre se pode fazer a troca. Enfim... fale-me do menino.

Poliana contou o que sabia sobre Jimmy. Talvez o acesso de riso e o entusiasmo da menina descrevendo as infelicidades de Jimmy tivessem abalado o coração de Pendleton. A verdade é que, quando se despediu, levava um convite. O senhor Pendleton queria vê-lo no próximo sábado.

— Estou tão contente! — disse ela ao sair. — Tenho certeza de que o senhor também vai ficar contente com ele. Jimmy precisa muito de um lar e de alguém que cuide dele, o senhor sabe...

Capítulo 22
Sermões e caixa de lenha

No dia em que Poliana falou com Pendleton a respeito de Jimmy, o reverendo Paulo Ford subiu a colina e entrou na floresta em busca de um pouco de paz.

O reverendo sofria do coração e as precárias condições de sua paróquia agravavam seu estado de saúde. As diversidades de opiniões, inveja e intrigas minavam a congregação, apesar de todo esforço empreendido para apaziguar os ânimos. Dois dos seus diáconos viviam discutindo por qualquer coisa, e três das mais ativas senhoras da Auxiliadora haviam renunciado, desgostosas com os frequentes mexericos. O coro estava desorganizado, e o papel de destaque tinha sido dado a certa cantora não muito benquista pela comunidade. A Sociedade do Esforço Cristão também vivia em polvorosa e ninguém se entendia na Escola Dominical, enfraquecida pelo afastamento de dois dos seus melhores colaboradores. Era o quadro que atormentava o reverendo Ford e ocupava seus pensamentos naquele dia, na floresta.

Sob a copa das árvores, o reverendo caminhava em profunda meditação. Tinha chegado o momento de tomar uma atitude drástica, para não ver desperdiçado todo seu incansável trabalho. Só que não encontrava solução, não sabia o que fazer.

Tirou do bolso as anotações para o próximo sermão e as releu. Era um ataque exortando os maus, os corruptos, hipócritas e fariseus, convidando-os a se emendarem, a retornarem ao caminho do bem. Havia muita gente assim na sua paróquia e o reverendo os aconselhava, com a violência de um profeta. Ensaiou o sermão, e se as árvores pudessem ouvi-lo, por certo se espantariam com o fervor das palavras. O silêncio e a indiferença da floresta, contudo, davam ao reverendo a perfeita imagem do que o aguardava no próximo domingo.

Seus paroquianos! Seu rebanho! Será que teria coragem de se dirigir a eles da maneira como ensaiara na floresta? Ousaria usar daquela sagrada indignação?

Já havia rezado bastante, pedindo aos céus que o guiassem e lhe indicassem o caminho certo para solucionar a crise, mas perguntava a si mesmo: seriam oportunas a impetuosidade e a virulência do sermão? Não sabia! E, por isso, vacilava. Dobrou os papéis e guardou-os no bolso. Depois, com um sorriso, quase gemendo, sentou-se ao pé de um tronco e escondeu o rosto entre as mãos.

Ao voltar da casa de Pendleton, Poliana encontrou-o assim e, assustada, correu para ele:

— Reverendo Ford! Também quebrou a perna?

— Não, minha filha. Só estou descansando.

— Ainda bem — suspirou a menina. — Levei o maior susto! O senhor sabe o que aconteceu com o senhor Pendleton, que encontrei estirado no chão e com a perna quebrada. Só agora notei que o senhor está apenas sentado.

— Isso mesmo. Não quebrei nenhuma perna, pelo menos dessas que os doutores encanam...

As últimas palavras do reverendo foram ditas em voz baixa e a menina quase não as ouviu. Ainda assim foi tocada pela simpatia e pela bondade do reverendo.

— Sei o que quer dizer, reverendo. Acho que alguma coisa muito séria está preocupando o senhor. Meu pai também falava assim quando se sentia angustiado. Todos os pastores vivem angustiados, eu sei. Têm muitos problemas, coitados!

— Seu pai era pastor, Poliana? — O reverendo fitou a menina com surpresa.

— Era. Pensei que todos já soubessem. Ele foi casado com uma irmã de minha tia Paulina.

— Pergunto porque sou novo aqui e não conheço o passado da maioria das famílias.

Fez-se uma demorada pausa. O pastor, ainda sentado, parecia ter-se esquecido da presença da menina. Empunhava de novo os papéis com as anotações e parecia ter o pensamento longe. Poliana sentiu pena ao descobrir que ele mirava uma pequena folha morta.

— O dia... está lindo, não? — começou Poliana.

Mas não teve resposta imediata. Depois, como que acordando, o reverendo falou:

— Que foi que disse? Ah, sim o dia está bonito...

— Estamos em outubro e não faz frio — observou a menina, na esperança de continuar a conversa. — O senhor Pendleton acendeu a lareira hoje... queria ver as chamas. Eu também adoro o fogo. E o senhor?

A pergunta ficou sem resposta. Poliana esperou um pouco e, desapontada, tratou de buscar outro assunto:

— Gosta de ser pastor, senhor Ford?

— Se gosto? É difícil responder... por que me pergunta? — O reverendo ergueu os olhos cansados.

— Só por curiosidade... por causa do seu olhar. Meu pai tinha, às vezes, a mesma expressão.

— E? — E nada mais disse o reverendo, voltando a fitar a pequenina folha seca.

— Nessas ocasiões eu sempre perguntava se ele gostava de ser pastor — insistiu Poliana. — Assim como perguntei agora.

— E que respondia seu pai? — O reverendo já sorria.

— Sempre a mesma coisa. Dizia que gostava... outras vezes, porém, afirmava que jamais seria pastor... se não fossem alguns trechos alegres da Bíblia.

O reverendo tirou os olhos da folhinha seca e fixou-os no rosto contente da menina.

— Como?!

— Era como ele costumava chamá-los. É claro que a Bíblia não diz isso. Mas todas essas frases começavam com "alegria" …"Sê contente com o Senhor", ou "Rejubila-te com Ele", ou "Salta de alegria", assim por diante. O senhor sabe mais do que eu. Certa vez, quando esteve doente, papai contou oitocentos pedacinhos desses.

— Oitocentos?!

— Sim, oitocentos deles, dos que mandam a gente ficar alegre. Era o que meu pai chamava de "textos alegres".

Os olhos do pastor caíram sobre as anotações que tinha nas mãos e que começavam assim: "A maldição do Senhor desça para sempre sobre vós, escribas e fariseus hipócritas!" Observou:

— Quer dizer que seu pai só pensava nos textos "alegres"?

— Sim — afirmou Poliana, com firmeza. — Costumava dizer que se sentiu muito melhor desde o dia em que começou a procurá-los na Bíblia. E, se Deus quis que nos lembrássemos da alegria por oitocentas vezes, era porque queria que nos sentíssemos felizes. Papai chegou a ter vergonha do tempo perdido em que não fora alegre. E passou a se conformar com tudo. Daí a ser muito feliz, foi um passo. Quando as senhoras da Auxiliadora brigavam, isto é, discutiam, meu pai tirava dos "textos alegres" o conforto necessário. Foi assim que inventou o jogo do contente. O caso das muletinhas apenas serviu de pretexto.

— E como se joga o "jogo"? — indagou o pastor.

— É fácil. Basta tentar tirar proveito daquilo que nos aborrece, como aconteceu com as muletas.

E, mais uma vez, Poliana contou a história. Atento, o reverendo não perdeu uma só palavra do que dizia a menina. Momentos depois, desceram a colina, de mãos dadas. Poliana estava radiante, satisfeita por ter podido falar à vontade sobre o inesgotável assunto: o jogo do contente. Separaram-se lá embaixo, cada um tomando uma direção diferente.

De volta em casa, o pastor fechou-se no escritório para pensar. Tinha sobre a mesa várias folhas manuscritas, anotações para o sermão.

Só que não pensava no sermão: seu pensamento se voltava para a lembrança de um pastor do Oeste, pobre e doente, que havia selecionado oitocentas citações da Bíblia com o propósito de descobrir quantas vezes o Senhor o mandara "rejubilar-se e ficar contente".

Algum tempo depois, o reverendo levantou-se, suspirando. O pensamento saía da cidadezinha do Oeste e voltava à sua comunidade. Ia recomeçar a escrever o sermão quando teve a atenção voltada para uma revista, que sua esposa tinha deixado aberta sobre a mesa, como se quisesse despertar sua curiosidade para a página exposta. Leu um parágrafo do artigo, depois outro e acabou lendo tudo. Dizia o artigo:

"Certo pai, falando a seu filho Tomás, que tinha se negado a encher uma caixa de lenha para a mãe, observou: 'Tomás, sei que vai ficar satisfeito em ajudar sua mãe enchendo a caixa de lenha.' Sem nada dizer, o filho levou a caixa ao depósito e trouxe-a cheia. Por quê? Ora, o pai tinha dado a entender que desejava e esperava dele uma boa ação. Suponhamos, por outro lado, que o pai tivesse falado assim: 'Ouvi dizer, Tomás, que você se recusou a trazer lenha para sua mãe e isso me envergonha. Vá encher a caixa de lenha agora mesmo.' Se tivesse dito isso, posso afirmar-lhes que a tal caixa ainda estaria vazia." O reverendo leu outro trecho:

"O que as criaturas desejam é encorajamento. Não se deve censurar sistematicamente os defeitos de alguém, mas apelar para suas virtudes. Ao tentar afastar uma alma do mau caminho, deve-se descobrir e fortalecer o melhor da sua índole, o lado bom que ainda não aflorou. A influência que o bom caráter exerce é contagiosa e pode revolucionar uma vida inteira... Todas as criaturas irradiam o que pensam e o que trazem no coração. Se alguém se mostra submisso e serviçal, a recompensa vem sempre na mesma moeda e com juros... Quem procura o mal certamente o encontrará. Mas, quando se procura o bem na esperança de encontrá-lo, logo o bem aparecerá... Dize a teu filho Tomás que 'sabes' que ele ficará contente em ajudar a mãe. Verás então que ele fará isso satisfeito e interessado no serviço."

O pastor largou a revista e, a passos largos e mãos nas costas, pôs-se a meditar. De vez em quando suspirava e, afinal, voltou a sentar-se à mesa.

— Vou tentar e que Deus me ajude! — exclamou. — Direi a esses "tomases" que eles ficarão muito satisfeitos em encher a caixa de lenha. Trabalho é o que não falta... Ficarão tão ocupados que não terão tempo ou oportunidade de olhar para a caixa de lenha dos vizinhos.

Rasgou as anotações e lançou-as ao ar. Um dos pedaços caiu no chão perto de uma cadeira, e nele se podia ler "A maldição do Senhor desça sobre vós", e, em outro, "escribas e fariseus hipócritas". Agora, sua mão deslizava sobre o papel branco em que escrevia os primeiros trechos do novo sermão.

Foi baseado na parábola da caixa de lenha que o reverendo Ford pronunciou o sermão de domingo, sermão que ficou famoso, um apelo ao que existia de melhor no íntimo dos ouvintes. Nem parecia o mesmo: Poliana havia feito renascer nele um outro homem, feliz e sorridente, que pregava a felicidade aos surpresos paroquianos.

Capítulo 23
O acidente

Poliana foi ao consultório do doutor Chilton para perguntar o nome de um remédio que a senhora Snow havia esquecido. Era a primeira vez que ia lá e perguntou, curiosa:

— O senhor mora aqui?

— Moro. Como pode ver, não é exatamente um lar... Não tem conforto, apenas quartos e salas. Já morei num quarto de hotel.

— Eu sei. O senhor está precisando da mão de uma mulher ou da presença de uma criança, para que sua casa se torne um verdadeiro lar. — Os olhos da menina brilhavam.

O doutor admirou-se com tanta sabedoria.

— Não se espante, doutor. Foi o senhor Pendleton quem me disse isso. Acho mesmo que o senhor deve arranjar a mão de uma mulher ou uma presença de criança. Se quiser, pode ficar com Jimmy Bean, se a proposta que fiz ao senhor Pendleton não der certo.

— Quer dizer que o senhor Pendleton acha que um lar necessita da mão de uma mulher ou da presença de uma criança? — indagou o doutor, incrédulo e sorrindo com certo constrangimento.

— Isso mesmo... sua casa é apenas uma casa... assim nunca será um lar. Por que o senhor não transforma a sua casa em um lar?

— Por quê? A pergunta é difícil de responder...

— Ora, porque não arranja uma mão de mulher e um coração... Ah, agora me lembro... o antigo namorado de titia não foi o senhor Pendleton, como eu pensava, e agora nós não vamos morar com ele. Errei por culpa de Nancy, aquela teimosa! Só espero que aquela conversa que tivemos tenha ficado apenas entre nós.

— Não se preocupe, Poliana. Nada disse a ninguém.

— Fico muito contente, pois só contei ao senhor. O senhor Pendleton riu muito quando soube das minhas suposições.

— É mesmo? — O doutor mordeu os lábios.

— É verdade, sim... Por que o senhor não arranja uma mão de mulher ou uma presença de criança? Responda, doutor.

Houve um instante de silêncio e, em seguida, o doutor Chilton falou:

— Isso não é fácil, Poliana. Essas coisas não se arranjam com a mesma facilidade com que compramos nos armazéns.

— Pois eu acho que o senhor pode conseguir as duas coisas ao mesmo tempo — disse Poliana, depois de pensar um pouco. — Basta que o senhor queira.

— Não... Muito obrigado. Tenho medo de que suas "irmãs" mais velhas não se mostrem tão... acessíveis como você imagina, Poliana. Pelo menos, até agora não se interessaram.

Poliana ficou surpresa e perguntou.

— Está dizendo que já tentou, doutor Chilton? Como o senhor Pendleton... e não conseguiu nada?

— Vamos mudar de assunto, Poliana. Não deixe que as infelicidades alheias preocupem essa cabecinha. Volte e entregue este papel à senhora Snow. É o nome do remédio que ela quer. Deseja mais alguma coisa?

— Nada mais, doutor — respondeu a menina, desapontada, e já saía quando parou e disse, em tom alegre: — De qualquer modo, fico contente em saber que não foi a mão de minha mãe que o senhor quis e não conseguiu. Até logo, doutor.

O acidente ocorreu no último dia de outubro. Poliana voltava para casa e, de repente, foi atropelada por um carro quando atravessava a rua. Ninguém sabia explicar como aconteceu. Às cinco da tarde, ainda desacordada em seu quarto, Paulina a despia, muito pálida, enquanto Nancy chorava. Chamado com urgência, o doutor Warren vinha às pressas da cidade.

— Nem se precisa olhar para a senhora Paulina — dizia Nancy ao velho Tomás, já no jardim (o médico tinha acabado de chegar) — para saber que não é somente o dever que a mantém ao lado da menina. O olhar de uma pessoa não fica com aquele brilho estranho, nem as mãos permanecem firmes como as dela, a não ser para deter as investidas do Anjo da Morte. Não é apenas o dever que a impulsiona, senhor Tomás!

— Ficou muito machucada? — perguntou o velho.

— Ainda não sabemos — soluçou Nancy. — Está desacordada e tão pálida que dá pena... nem se sabe se está viva ou morta. A senhora Paulina afirma que está viva... andou um tempão com o ouvido colado ao peitinho dela, ouvindo o coração.

— E o médico?

— Deve estar fazendo tudo para salvá-la... ele conhece o ofício. Aqueles bandidos! Não tinham mais ninguém para atropelar? Por isso é que eu odeio essas máquinas barulhentas e malcheirosas que andam a correr feito doidas pelas ruas... a toda hora.

— Em que lugar foi mais atingida?

— Não sei... há um pequeno talho na cabecinha, mas que não é muito grave, segundo disse a senhora Paulina. Mas ela receia que Poliana esteja ferida infernalmente!

— Entendi. Você quer dizer "internamente", não é? Mas ela foi mesmo ferida infernalmente, malditos sejam os automóveis!, só que a senhora Paulina não usou esse termo.

— Não sei... — Nancy balançou a cabeça de um lado para outro. — Não posso suportar esta espera... tenho medo de que o doutor de repente saia de lá feito um juiz com a sentença, seja lá qual for... Só queria ter um montão de roupa para lavar... cansar o corpo e esquecer... — Nancy esfregava as mãos na maior angústia.

Mesmo depois que o médico se retirou Nancy pouco pôde adiantar ao velho Tomás. Bem, não havia fraturas e o corte na cabeça tinha pouca importância. Mas a expressão do doutor não era nada animadora. Paulina estava ainda mais pálida. A menina continuava desacordada, embora parecesse repousar. Uma enfermeira já se encontrava ao lado da menina.

Poliana só abriu os olhos na manhã do dia seguinte e logo se deu conta do que havia acontecido:

— Tia Paulina, que houve comigo? Não consigo me levantar, nem me mexer... — gemeu a menina na primeira tentativa que fez para se movimentar.

— Fique quietinha, não se mova por enquanto — recomendou a tia.

— Por que não posso me levantar?

Paulina olhava para a sobrinha, angustiada, sem saber se devia ou não falar sobre o acidente. A enfermeira fez que sim com a cabeça, podia contar tudo. Então, Paulina parou por um momento para vencer o nó que teimava em lhe embaraçar a voz:

— Você foi ferida, minha filha. Atropelada por um carro... quando atravessava a rua. Hoje, sua tia quer que você descanse e trate de dormir.

— Ferida? Ah, agora me lembro... Creio que corri e... — Os olhos de Poliana refletiram um súbito terror e ela ergueu a mão para tocar na testa. — Aqui! Fui ferida na testa... Meu Deus!

— Acalme-se, querida. Está tudo bem agora. Procure dormir um pouco.

— Tia Paulina, estou esquisita... tão... mal! Minhas pernas estão dormentes, não "sentem" nada.

Paulina se levantou e pediu à enfermeira que ficasse em seu lugar, junto à cama. Tentando dar à voz um tom alegre, a moça perguntou:

— Vamos conversar? Precisamos nos conhecer. Sou a enfermeira Hunt e estou aqui para ajudar a recuperar-se. Para dar início à nossa amizade, peço-lhe que tome estas pílulas.

— Posso ir à escola amanhã? — perguntou Poliana, arregalando os olhos.

Da janela onde estava Paulina ouviu-se um soluço.

— Amanhã? — A enfermeira sorriu. — Bem, amanhã ainda é um pouco cedo para ir à escola... Vamos, tome as pílulas e logo vai se sentir melhor.

— Está bem — concordou Poliana. — Mas amanhã eu tenho de ir para a escola. São os exames, sabe?

Mais tarde a menina voltou a falar da escola, do automóvel que a atropelara e da dor que sentia na cabeça. Até que as pílulas fizeram efeito e a voz foi esmorecendo.

Capítulo 24
John Pendleton

A menina não foi à escola nos dias que se seguiram. Mas não percebeu isso — tinha apenas uma vaga ciência das coisas, nos breves instantes de lucidez que lhe sobrevinham vez por outra. Uma semana depois, já mais lúcida, pôde tomar conhecimento completo do que havia acontecido. Informada do acidente, em todos os detalhes, perguntou à tia, sentada a seu lado:

— Alguém se machucou no automóvel? Estou contente, então — disse, ao saber que ninguém tinha se ferido, a não ser ela mesma.

— Contente, Poliana? — indagou a tia.

— Prefiro ficar de pernas quebradas, como o senhor Pendleton, do que me tornar uma inválida como a senhora Snow. Pernas quebradas têm conserto, mas os inválidos não saram.

Ao ouvir falar de pernas quebradas, Paulina levantou-se e foi até a penteadeira. E sem motivo aparente começou a remexer num e noutro objeto, em atitude pouco habitual. Estava pálida e muito abatida.

Alheia ao comportamento da tia, Poliana piscava para as cores irrequietas que dançavam no teto por efeito de um prisma pendurado à janela. De repente, disse:

— Estou muito contente que não esteja com varíola. — E continuou, sorrindo: — Varíola é pior que sarda. Também estou contente por não ter tosse... coisa que incomoda os doentes e os outros. Catapora é ainda pior, porque pega e eu ia ter de ficar isolada no quarto.

— Querida, você achou muitos motivos hoje para ficar contente — disse Paulina, levando a mão à garganta como se lhe faltasse o ar.

— Estou contente por muitos motivos — respondeu a menina. — Estive pensando nos montes de doenças que existem, enquanto olhava o prisma irradiando luzes coloridas. Adoro arco-íris e foi bom ter ganhado os pingentes do senhor Pendleton! E ainda há motivos de que não falei... estou alegre por todos eles, contente até por ter sido atropelada.

— Poliana!

A menina apenas sorriu de maneira toda especial, ante a censura da tia. Olhou para Paulina e disse:

— Contente, sim. Desde que me acidentei a senhora não para de me chamar de "querida", "minha cara", "minha filha"... nunca tinha ouvido isso. Gosto de ser chamada assim por gente de casa, parentes como a senhora. Lá na Auxiliadora algumas senhoras usavam essas expressões, mas sem qualquer valor... No caso da senhora é diferente... vale muito mais. Fico alegre quando me lembro que a senhora é minha tia!

Paulina não conseguia falar, a mão apertando a garganta e os olhos rasos d'água. E fugiu do quarto, aproveitando-se da chegada da enfermeira.

Na tarde desse dia, Nancy foi ao encontro do velho Tomás, que polia os arreios no estábulo.

— Imagina o que aconteceu, senhor Tomás... — disse ela, respirando com dificuldade. — Dou-lhe mil anos para adivinhar!

— Mil anos para adivinhar... Não deve ser coisa fácil. Desisto sem mesmo tentar, pois estou muito velho e não espero viver mais que uns dez anos. Assim, é melhor contar logo, Nancy.

— Pois então abra os ouvidos. Imagine quem está lá na sala, conversando com a patroa? Vamos, diga!

— Não tenho a menor ideia — respondeu Tomás. — Não sou mágico, nem vejo através das paredes.

— Isso mesmo. Nem que morresse de tanto imaginar. É o senhor Pendleton!...

— Está brincando, Nancy. Não pode ser.

— Juro! É ele, com muleta e tudo. O urso saiu da toca, ele que não visita ninguém. O homem meio maluco, malcriado, o homem do esqueleto no armário. Pense bem... o senhor Pendleton visitando a senhora Paulina!

— E que mal há nisso? — indagou o jardineiro, sem compreender que pudesse haver algo que impedisse a visita.

— Como se não soubesse... — Nancy olhou para ele de modo significativo. — Nessa é que eu não caio...

— Eu?!

— Não se faça de ingênuo, senhor Tomás. Pois se o segredo só foi descoberto com a sua ajuda!

— Não diga bobagens, Nancy. De mais a mais, não estou entendendo nada do que diz.

Nancy olhou em volta e, aproximando-se do velho, murmurou-lhe ao ouvido:

— Escute. Quem me falou que a senhora Paulina tinha tido um namorado? Lembra-se agora? Bem... de tudo o que o senhor me disse... eu fui ligando os fatos e descobri afinal de quem se tratava.

Tomás sorriu e voltou ao trabalho, sem dar importância ao caso. Mas ainda disse:

— Escute aqui, Nancy. Se quer conversar comigo, fale sem mistérios... Estou velho demais para perder tempo com baboseiras.

— Está bem. — Nancy deu uma risada. — Descobri tudo, queira ou não queira... Ele é o antigo namorado da senhora Paulina.

— O senhor Pendleton? — O velho Tomás parecia divertir-se com a ingenuidade da moça.

— Ele mesmo.

— Não é nada disso. Você nasceu outro dia... O senhor Pendleton foi o namorado, sim, mas da mãe da menina.

— Hum! — Nancy ficou desapontada. — Agora, entendo tudo. Foi por isso que ele queria a menina... Ora... essa! — Fingiu um acesso de tosse e lembrou-se de que não devia falar do caso a ninguém, como Poliana havia recomendado. — Então, foi isso. Eu andava preocupada e depois de rápida investigação fiquei sabendo que os dois haviam sido namorados ou bons amigos, no passado, e que devido a mexericos ela passou a detestá-lo.

— Foi mais ou menos assim — confirmou Tomás. — Três ou quatro anos depois que o senhor Pendleton levou o fora da senhorita Joana, a senhora Paulina, com pena dele, tentou de vários modos ser mais amável. Ela sabia do desgosto do homem quando a senhorita Joana se casou com outro... que viria a ser pai da menina Poliana. Então, eram os mexericos. Antes diziam que ela odiava o tal que tinha levado a irmã e que, agora, andava caçando o senhor Pendleton.

— Caçando? Mas que absurdo!

— Eu sei. Maldosos espalharam a mentira — continuou Tomás. — E ninguém tem calma bastante para suportar tanta mentira. No meio da confusão, deu-se o rompimento com o "verdadeiro" namorado. Daí, a senhora Paulina se enclausurou, sem falar com pessoa alguma. Transformou-se numa mulher amarga.

— Claro como água! — exclamou Nancy. — Quase caí dura no chão quando vi o senhor Pendleton na porta, procurando a mulher com quem não falava há tantos anos. Acompanhei o homem à sala e fui ao quarto para avisá-la, senhor Tomás.

— Que foi que ela disse quando soube da visita do senhor Pendleton?

— Nada. Ficou tão muda que cheguei a pensar que ela não tinha ouvido quando anunciei a presença dele. Já ia repetir o nome quando me respondeu: "Diga a esse senhor que descerei num minuto." Então vim correndo lhe contar a novidade.

— Hum! Hum! — rosnou o velho, voltando ao trabalho que havia interrompido.

John Pendleton não esperou muito. Levantou-se da poltrona ao ouvir o rumor de passos que se aproximavam. Com um gesto a dona da casa deteve o visitante, convidando-o a sentar-se de novo. A frieza era mútua. O visitante falou primeiro, em tom quase brusco:

— Vim visitar a menina Poliana.

— Obrigada. Ela continua na mesma — respondeu Paulina.

— Qual o seu estado real? — insistiu o homem, com voz menos firme.

— Não sei dizer... bem que gostaria de saber... — Paulina tinha uma sombra de amargura no rosto.

— Quer dizer que desconhece...

— É verdade.

— Que diz o doutor?

— O doutor Warren também está em dúvida. Chamou um especialista de Nova York, que deve chegar amanhã ou depois.

— Mas... mas quais ferimentos foram constatados?

— Um corte na cabeça, coisa leve. Várias contusões e qualquer coisa na espinha, talvez a causa da paralisia das pernas.

Do fundo do coração de Pendleton saiu um gemido. Depois de penoso silêncio, ele perguntou:

— E Poliana? Como recebeu essa notícia?

— Ainda não se deu conta da gravidade do seu caso. Não posso contar-lhe nada ainda, não posso!

— Bem, ela precisa saber da verdade.

Paulina sentia-se asfixiada outra vez e comprimia a garganta, gesto tantas vezes repetido nos últimos dias:

— De alguns fatos ela já sabe. Pensa que não pode mover as pernas porque estão quebradas. Diz que assim é melhor... prefere ter as pernas quebradas do que ficar inválida a vida toda, como a senhora Snow. Só fala nisso, e eu sofro...

Pendleton chorava, mas, apesar disso, pôde ver o semblante de Paulina marcado pelo sofrimento. Sem querer, voltou ao passado, para a conversa com Poliana quando ela lhe disse que não podia aceitar o seu convite: "Não posso deixar tia Paulina agora!" A lembrança o fez confessar:

— Não sei se a senhora sabe. Fiz tudo para que Poliana fosse morar comigo, senhora Harrington.

— Como assim? O senhor... Poliana?

Pendleton ficou um pouco perturbado, fez um esforço e respondeu:

— Eu queria adotá-la como filha, fazê-la minha única herdeira, a senhora compreende.

Paulina ficou mais calma, pensando: "Que belo futuro para a menina!" E lamentou, no íntimo, que Poliana não tivesse mais idade para se deixar levar por tão maravilhosa oportunidade. Pendleton continuou:

— Gosto muito de Poliana. E por dois motivos: por ela mesma e por ser filha de quem é. Meu sonho era dedicar todos os meus dias ao amor que conservei oculto por mais de 25 anos.

"Amor..." Paulina lembrou-se das razões que a fizeram aceitar a menina e das palavras que dela ouviu: "Gosto de ser chamada de 'querida', 'minha cara', 'minha filha' por gente de casa, parentes como a senhora." E começou a temer que aquela menina ávida de afeto pudesse ter aceitado a oferta de um amor acumulado durante 25 anos. Percebeu então quanto precisava dela, afinal tinha compreendido. E disse, com esforço:

— Bem... — exclamou ela, e o homem percebeu a sua ansiedade para saber o final da história.

— Mas ela não quis! — apressou-se Pendleton a dizer, resignado e melancólico.

— E por que ela não quis?

— Não quis deixar a boa senhora Harrington. Disse que desejava continuar com a senhora, embora não tivesse certeza de que era amada... — Pendleton se ergueu sem fitar Paulina tomando a direção da porta, até que percebeu que ela lhe estendia a mão:

— Quando o especialista chegar, vamos saber o que há de positivo a respeito da menina. Terei o cuidado de avisar o senhor — concluiu, apertando a mão de Pendleton. — Obrigada por tudo. Poliana ficará contente com a sua visita.

E assim os dois se despediram.

Capítulo 25
O jogo de esperar

Paulina esperava a visita do especialista de Nova York e disse afetuosamente a Poliana:

— O doutor Warren e o outro médico vão examiná-la. Dois pensam melhor que um. Acho que você vai ficar boa mais depressa.

— O outro médico é o doutor Chilton! Que bom, tia Paulina! — O rosto da menina iluminou-se de felicidade. — Adoro o doutor Chilton e queria que ele viesse. Mas depois me lembrei do que aconteceu naquele dia do penteado, lembra-se? Estou contente porque a senhora resolveu chamá-lo.

Paulina empalideceu, corou e ficou novamente pálida, sem que ninguém percebesse. Quando voltou a falar, já estava controlada, só o coração pulsava mais rápido:

— Não, querida. Não é o doutor Chilton... é um especialista de Nova York. Vem para ver você. Especialistas sabem mais do que os outros.

Poliana ficou triste com a notícia:

— Não creio que ele saiba mais que o doutor Chilton!

— Sabe, sim, talvez o dobro, porque é um especialista. Estou certa.

— Mas quem tratou da perna do senhor Pendleton foi o doutor Chilton. Se a senhora não se incomodar, gostaria de ser examinada pelo doutor Chilton.

Paulina não contava com isso e ficou calada por uns momentos. Depois, calma, falou com um tom de voz que ainda conservava alguns traços da antiga rispidez:

— Incomodo-me, sim, Poliana. Sou responsável por você e, por motivos que não vêm ao caso, prefiro que o doutor Chilton não seja chamado agora. Ele não deve ter os conhecimentos de um especialista de Nova York, famoso em todo o país. Ele deve chegar amanhã.

Poliana não se convenceu:

— Tia Paulina, e se, por exemplo, a senhora "amasse" o doutor Chilton?

— O quê!? — A voz de Paulina vibrou e ela ficou corada.

— Quis dizer que, se alguém amasse uma pessoa e não outra, teria preferido ser tratada pela primeira... e eu amo o doutor Chilton, ora!

A enfermeira apareceu, e Paulina, suspirando aliviada, aproveitou para sair do quarto, depois de concluir:

— Lamento, Poliana... Você tem que deixar comigo essas providências. Além do mais, o especialista já foi chamado e chega amanhã, como já lhe disse.

No dia seguinte, um telegrama avisara da impossibilidade de o famoso médico viajar: repentina indisposição retinha-o de cama. Então, Poliana insistiu que o doutor Chilton fosse chamado. Paulina não concordou e disse um "não, querida" bastante incisivo, ainda que, pouco antes, tivesse dito que faria o que a menina quisesse.

— Nossa, como mudou! — comentou Nancy para o velho Tomás. — Parece milagre o que se passa nesta casa. A patroa não se cansa de demonstrar que só pensa na satisfação da menina. Até o gato, aquele mesmo que não podia entrar em casa, anda agora na cama de Poliana, só porque ela gosta de brincar com ele. E o cachorro Peludo também está na boa vida. Os dois bichos são os donos da casa... — Fez uma pausa e continuou: — Quando lhe sobra algum tempo, a senhora Paulina arruma os prismas de outra maneira, buscando novos efeitos de luz. Mandou Timóteo à fazenda dos Cobb umas três vezes para trazer flores, como se aqui não existissem flores. Outro dia vi a enfermeira penteando-a de modo diferente, para agradar a menina. Agora, só anda com aquele penteado que Poliana lhe fez uma vez.

— Ainda bem. — Tomás sorria. — Aquele penteado deixa-a muito remoçada, aqueles cachinhos atrás da orelha...

— É isso mesmo. Já parece "gente", agora.

— Cuidado com a língua, Nancy — advertiu Tomás. — E não se esqueça do que falei há tempos... ela já foi bem bonita.

— Bonita agora ela não é. Mas parece outra pessoa e muito melhor. O penteado e o xale lhe assentam muito bem.

— Já lhe falei que a senhora Paulina não é velha...

— É verdade... — lembrou-se Nancy. — Na ocasião eu disse que, se não era velha, sabia imitar. Antes da chegada da menina ela se fingia de velha. Quem era o namorado da senhora Paulina, senhor Tomás? Ainda não consegui descobrir.

— Não conseguiu? Pois continue tentando: desse mato não sai coelho.

— Por favor, senhor Tomás. Por aqui não existe quem saiba das coisas mais do que o senhor. Diga.

— Não. Em certas coisas a gente não deve mexer. — E, mudando de assunto, perguntou: — Como está a menina?

— Na mesma — Nancy franziu a testa. — Nem pior, nem melhor... continua de cama, às vezes dormindo, outras falando ou buscando motivos para ficar contente. Ora é a lua que nasce, ora o sol que se põe... tudo é pretexto para deixá-la alegre. É de cortar o coração! Eu sei... é o jogo do contente. Ela já lhe falou desse jogo?

— Sim, há tempos. — O velho hesitava. — Foi numa ocasião em que eu resmungava, vencido pela idade. Sabe o que ela me disse?

— Ora, deve ter arranjado um jeito de tornar alegre um velho resmungão...

— Acertou. Disse que eu devia ficar contente por estar tão curvado assim. Desse modo estaria mais perto das ervas que devo arrancar dos canteiros.

— Essa é boa! — Nancy não conteve o riso. — Eu sabia que ela acabaria encontrando um motivo. Nunca falha. A princípio só nós duas jogávamos, não havia com quem jogar. Com a senhora Paulina é que não jogava.

— Com a senhora Paulina? Hum...

— O senhor tem a mesma opinião que eu sobre a patroa. — Nancy piscou um olho.

— Até que esse jogo ia fazer muito bem à senhora Paulina...

— Ainda mais agora. Não duvido de mais nada e não ficarei surpresa de ver a patroa empolgada com o jogo.

— Será que a menina ensinou o jogo a ela? — perguntou o velho. — A cidade toda já sabe... Ela andou ensinando o jogo a todo mundo.

— Acho que não — disse Nancy. — Poliana me contou que não podia ensinar o jogo à patroa porque estava proibida de falar no pai. Creio que a patroa é a única que ignora o jogo...

— Já entendi. Prevenção antiga... Ela nunca perdoou o missionário, nem ela, nem ninguém da família. Aquele amor da senhorita Joana foi uma catástrofe. Me lembro muito bem...

Para as pessoas da casa aqueles dias de espera eram angustiantes. A enfermeira tentava mostrar-se alegre, mas seus olhos a traíam. O mais impaciente era o doutor Warren. Paulina quase não falava, mas por dentro ela se consumia. Quanto a Poliana, brincava com o gato, mordiscava os biscoitos e os doces, admirava as flores, alisava a cauda do cão e respondia alegremente às mensagens que recebia. Mas tornava-se a cada dia mais pálida, e os bracinhos contrastavam com a imobilidade das pernas.

Quanto ao jogo, Poliana disse a Nancy que estava contente só de pensar que seria feliz quando pudesse voltar à escola, ou quando fosse visitar a senhora Snow e o senhor Pendleton e pudesse passear com o doutor Chilton... embora todas essas alegrias ainda estivessem... distantes. Nancy ouvia Poliana e, lembrando-se da gravidade do seu estado, chorava em desespero assim que se via só.

Capítulo 26
Uma porta entreaberta

O famoso especialista chegou uma semana depois. Era um homem alto, largos ombros e olhos castanhos. Sorria sempre e Poliana logo simpatizou com ele:

— O senhor é muito parecido com o "meu" doutor!

— "Seu" doutor? — O médico olhou para o doutor Warren, que conversava a um canto.

O doutor Warren era o oposto dele: baixo, de olhos pardos e usava barba pontuada.

— Não me refiro a este, que é o médico de minha tia. O meu é o doutor Chilton — esclareceu Poliana.

— Entendo — disse o doutor Mead, voltando-se para a senhora Harrington, que se afastava meio encabulada, enquanto a menina começava a falar com sua habitual franqueza:

— O senhor sabe, desde o começo eu queria o doutor Chilton, mas titia disse que ele não era especialista e chamou o senhor... que sabe o dobro do doutor Chilton a respeito de pernas quebradas, como as minhas. Se é assim, fico muito contente.

O especialista achou graça naquela explicação, mas a expressão em seu rosto nada revelou à menina. Disse apenas:

— Há coisas que não se podem comparar, minha filha. — E afastou-se na direção do doutor Warren.

Mais tarde puseram a culpa no gato. Não tivesse ele aberto a porta com o focinho, a menina jamais saberia o que conversavam ou o que conferenciavam os médicos. Na sala ao lado, os médicos, a enfermeira e a senhora Paulina formavam um grupo para decidir o que devia ser feito em relação à cura de Poliana. No quarto dela, Soneca subiu à cama, depois de entreabrir a porta. Foi assim que Poliana pôde ouvir a conversa.

— Isso não, doutor! — exclamava Paulina em desespero. — O senhor está dizendo que ela nunca mais vai poder andar?

Ao ouvir aquilo, a menina deu um grito: "Tia Paulina!" Ao ver a porta entreaberta, Paulina adivinhou todo o drama. Mal teve tempo de deixar escapar um gemido surdo antes de desmaiar. Alarmada, a enfermeira dirigiu-se ao quarto da menina: "Ela ouviu..." Os médicos acudiram e, enquanto o doutor Mead ajeitava Paulina numa poltrona, o doutor Warren, tonto, não sabia o que fazer. Somente depois do segundo grito de Poliana é que os dois médicos trataram de fazer a senhora Harrington voltar a si.

Ao entrar no quarto de Poliana e depois de fechar a porta, a enfermeira avistou o gato, que, em vão, tentava chamar a atenção da menina. Extremamente pálida, ela pediu:

— Por favor, senhorita. Quero minha tia Paulina. Já!

— Ela já vem, querida. Tenha calma!

— Quero saber agora mesmo o que minha tia pensa. Por favor, vá chamar tia Paulina! Ouvi o que ela disse há pouco... e não posso acreditar. Quero que ela diga que isso não é verdade.

A enfermeira tentou acalmar a menina, mas nada conseguiu, a expressão do seu rosto só fez aumentar o temor que a assaltava:

— Enfermeira, a senhora ouviu? É verdade? Diga que não! Será que nunca mais vou poder andar?

— Não é nada disso, querida. O médico não tem certeza, pode estar enganado. Não devemos perder as esperanças.

— Tia Paulina falou que ele sabe mais que qualquer outro. É um especialista, entende de pernas quebradas mais que qualquer um.

— Eu sei — respondeu a enfermeira. — Mas todos os médicos, de vez em quando, se enganam. Procure não pensar mais nisso, por favor, senhorita Poliana!

— Não posso deixar de pensar. — A menina estava desesperada. — Como posso ir à escola, visitar a senhora Snow e o senhor Pendleton, todos os outros amigos? Não consigo tirar isso da cabeça. — Poliana soluçava e, com o novo terror estampado no rosto, perguntou: — Como vou ficar contente agora, se não posso andar?

A enfermeira não conhecia o jogo, mas precisava acalmar a menina de qualquer modo. Tratou de preparar um sedativo:

— Fique calma, querida. Beba isso e veremos depois o que fazer. As coisas nunca são tão más como parecem a princípio.

Poliana tomou o remédio e observou:

— Eu sei. Papai dizia o mesmo. Em tudo há sempre algo de bom. É só descobrir... Mas papai nunca ouviu ninguém dizer que não podia andar mais. Não há nada pior que isso, não acha, senhorita Hunt?

A enfermeira não respondeu. Tinha um aperto na garganta.

Capítulo 27
Duas visitas

Nancy foi instruída para levar ao senhor Pendleton a opinião do médico de Nova York sobre a situação de Poliana. Assim, Paulina cumpria a promessa feita a ele, tão logo dispusesse de um diagnóstico mais claro. Ir em pessoa ou mandar uma carta não lhe pareceu conveniente, achou melhor incumbir Nancy da penosa tarefa.

Em outras circunstâncias, Nancy teria ido satisfeita, pois há muito queria conhecer a casa do misterioso homem e ele próprio. Agora, tinha o coração oprimido e nem sequer teve despertada a curiosidade enquanto ficou à espera do senhor Pendleton. Apresentou-se, quando ele apareceu:

— Sou Nancy e vim a mando da senhora Harrington trazendo notícias da menina Poliana.

— E como vai ela? — indagou Pendleton, ansioso.

— Nada bem, senhor. — A voz de Nancy tremia.

— Quer dizer que...

— Sim, senhor. — Nancy baixou a cabeça. — O doutor de Nova York falou que ela não poderá andar nunca mais.

Um pesado silêncio caiu entre os dois, até que o senhor Pendleton exclamou:

— Pobre da minha menina!...

Nancy baixou novamente os olhos. Jamais pensou que aquele homem pudesse ser tão sensível. Sua surpresa aumentou quando ele disse, com infinita ternura:

— Que maldade... não poder dançar ao sol outra vez! Minha querida menina-prisma... — Fez um silêncio e perguntou: — Ela já sabe?

— Sim, já sabe, e é isso que torna o caso mais doloroso ainda. Descobriu por acaso... por causa daquele gato amaldiçoado... desculpe, senhor. O gato deixou a porta meio aberta enquanto os médicos conversavam na sala. Ela ouviu tudo.

— Pobre menina! — Pendleton não conteve o soluço.

— Se o senhor pudesse vê-la! A coitadinha passa o tempo todo procurando o que fazer... agora. Aborrece-se porque não consegue ficar contente... aquele jogo, o senhor sabe.

— Sei... ela também me ensinou o jogo.

— Ensinou a todo mundo... e agora ela mesma não pode jogar... — disse Nancy. — Diz que não consegue pensar em nada que possa alegrá-la como antes.

— Eu também não posso imaginar nada que me deixe contente. — O homem sentia-se amargurado.

— Eu também pensava assim, até que me lembrei de dizer a ela o que costumava falar aos outros — disse Nancy.

— Lembrar o quê? — perguntou o senhor Pendleton.

— O que ela dizia aos outros... à senhora Snow, por exemplo. Mas ela explicou que não é a mesma coisa... é fácil ensinar os inválidos a se sentirem contentes, mas quando isso acontece com a gente, diz ela que é diferente. Ainda assim, repetiu cem vezes que devia ficar contente pelos outros não estarem sem poder andar. Só que a tentativa não deu certo. A ideia de nunca mais poder andar não lhe sai do pensamento.

Nancy fez uma pequena pausa. O homem nada dizia, sentado e cobrindo os olhos com as mãos. Apenas ouvia.

— Depois tentei lembrar suas próprias palavras — continuou Nancy. — Ela costumava dizer que o jogo fica mais bonito à medida que fica mais difícil e ela falou que estava errada quando pensava assim: o jogo fica diferente quando se trata de um caso perdido. Bem, preciso ir. Com sua licença. — E voltou-se bruscamente, escondendo o pranto que teimava em aparecer. Já de saída, virou-se e perguntou.

— Posso contar à menina que o garoto Jimmy apareceu aqui?

— Não, isso não é verdade. Ele não veio.

— Não faz mal. Ela está preocupada porque prometeu trazê-lo aqui, e isso a aborrece muito. O acidente... sabe? Ela me falou que trouxe o menino aqui uma vez, mas acha que o senhor não se interessou muito porque ele não se comportou muito bem e ela achou que o senhor não gostou de Jimmy. Espero que saiba do que se trata... não posso explicar mais nada.

— Está bem. Já sei do que se trata.

— Bem, ela queria trazer o menino aqui de novo para mostrar ao senhor que ele era mesmo uma linda "presença de criança"... não pôde, a coitadinha. Aquele carro desgraçado... Desculpe, senhor, e passe bem.

A notícia se espalhou rapidamente pela cidade, e todos ficaram sabendo que a menina Poliana nunca mais iria andar. Os que já a conheciam lamentavam o fato e se entristeciam ao pensar que não iam mais ver a menina alegre e sardenta pelas ruas, proclamando as vantagens do seu complicado "jogo do contente". Nas casas e nas ruas, a aflição era geral, mesmo entre os que não a conheciam. Mulheres contavam e recontavam o caso, emocionadas. Nas esquinas e nas praças os homens faziam o mesmo, e alguns, comovidos, escondiam alguma lágrima indiscreta. E havia ainda o que Nancy dissera sobre o desespero da menina porque não podia mais jogar e não podia, portanto, ficar contente por coisa alguma. A emoção geral aumentou ainda mais.

Essa notícia fez com que todos tivessem a mesma ideia: visitá-la. E a casa da senhora Harrington tornou-se um local que recebia constantes romarias: homens, mulheres e crianças, conhecidos ou não, entravam e saíam a todo instante.

Alguns ficavam sentados por longo tempo. Outros, nos degraus, permaneciam de pé, chorando. Traziam livros, flores, doces e balas. Paulina ficou impressionada ao verificar quanta gente conhecia a menina. Atender a todos tornou-se sua grande ocupação. O senhor Pendleton apareceu de novo, ainda de muletas:

— Não preciso dizer, senhora, do choque que me causou a informação do especialista. Será que não podemos fazer nada?

— Temos fé em Deus. — Paulina fez um gesto de desespero. — O doutor Mead prescreveu um tratamento novo, e talvez dê resultados. O doutor Warren segue à risca as instruções deixadas por ele. Mas o próprio doutor Mead foi muito franco: não tem grandes esperanças...

Pendleton se levantou, pálido, e Paulina compreendeu a razão de suas visitas sempre curtas. Da porta, ele disse:

— Dê um recado a Poliana. Diga-lhe que Jimmy apareceu e vai ficar comigo. Acho que ela vai ficar contente com isso.

— Vai ficar com ele? — Paulina ficou surpresa com o que acabara de ouvir.

— Sim... Poliana me compreenderá... Passe bem e muito obrigado — disse o senhor Pendleton quando saiu.

Paulina ficou na porta, olhando para o homem que se afastava apoiado nas muletas. Não queria acreditar no que tinha ouvido. Pendleton, o egoísta, o solitário rico e avarento, adotar um menino como Jimmy Bean — um maltrapilho das ruas! E então se dirigiu ao quarto de Poliana. Ao chegar lá, disse:

— Escute, Poliana. O senhor Pendleton esteve aqui e me pediu para lhe dizer que adotou o menino Jimmy e vai cuidar dele como filho. Falou que você ficaria contente com a notícia.

O rosto da menina iluminou-se de felicidade:

— Contente, eu?! "Contente"? Claro, titia! Eu desejava tanto que Jimmy encontrasse um lar de verdade! E agora ele encontrou! — A menina fez uma pequena pausa e continuou, excitada: — Acho que o senhor Pendleton também deve estar contente... agora ele vai ter o que queria! A presença de uma criança.

— Que história é essa, Poliana?

A menina enrubesceu, esqueceu que nunca havia falado à tia sobre o fato de Pendleton desejar adotá-la como filha — justamente para que ela não tivesse qualquer dúvida a respeito da decisão que havia tomado de continuar com Paulina.

— Uma presença de criança, sim — continuou a menina. — Uma vez o senhor Pendleton me disse que queria um lar com mão de mulher, criança e tudo... e eu arranjei o que ele queria.

— Entendo... — murmurou Paulina, na verdade entendendo muito mais do que Poliana imaginava. E sentiu um aperto no coração, talvez o mesmo que a sobrinha deve ter sentido quando teve que escolher.

Com medo de que a tia insistisse no assunto, Poliana mudou de conversa:

— O doutor Chilton também acha que a mão de uma mulher e a presença de uma criança fazem falta num verdadeiro lar.

— O doutor Chilton?! — estranhou Paulina. — Como é que sabe disso?

— Ele mesmo me disse. E também disse que viver em quartos e salas não significa viver num lar.

Paulina nada disse, os olhos postos na janela.

— Então — continuou a menina —, sugeri que ele arranjasse essa mão de mulher e essa presença de criança...

— Poliana! — exclamou Paulina, corando visivelmente.

— Isso mesmo, titia. Ele estava meio triste!

— E... e o que ele respondeu? — perguntou Paulina, mesmo sentindo que alguma coisa dentro dela tentava impedir.

— A princípio ficou calado. Depois murmurou baixinho... que a gente nem sempre consegue o que quer.

Paulina se manteve calada, seu rosto estava queimando. E Poliana suspirou:

— Eu sei que ele quer uma... uma mulher, titia. Ficaria muito contente se lhe pudesse arranjar uma.

— Como pode saber se ele quer ou não uma... esposa, menina?

— Eu sei, titia. No dia seguinte ele me disse outras coisas. Falou bem baixinho, mas eu ouvi. Disse que dava tudo na vida por uma mão de mulher… e um coração. Está sentindo alguma coisa, titia? Que aconteceu?

Paulina erguera-se de repente, muito agitada, e correu à janela:
— Nada, nada, querida… Só quero mudar a posição desse prisma…

Capítulo 28
O jogo e os jogadores

Alguns dias depois da visita de Pendleton, apareceu a filha da senhora Snow, Milinha, que nunca tinha ido à casa dos Harrington e ficou embaraçada quando Paulina a recebeu na sala. A mocinha balbuciou:
— Vim… saber da menina.
— Está na mesma, obrigada. E como vai sua mãe?
— É o que desejamos que a senhora conte a Poliana — continuou Milinha, atrapalhada. — Nós achamos que é uma coisa horrível, mas horrível de verdade, que o anjinho não possa andar nunca mais. Ninguém avalia o que ela fez por nós. Ensinou a mamãe aquele joguinho tão lindo. E quando soubemos que ela própria não podia mais jogar… a senhora nem sabe o que sentimos… Se ela soubesse como nos ajudou com toda a sua bondade… talvez pudesse ficar contente de novo, nem que fosse um pouquinho só.

Milinha ficou quieta à espera de que a senhora Paulina dissesse alguma coisa. Mas esta, sentada, só pensava em como tinham razão os que diziam que Milinha era "esquisita", falando aos tropeços, amontoando palavras, numa incoerência completa. Percebendo enfim que a mocinha tinha se calado, disse:
— Não entendi, Milinha. Explique melhor o que você quer que eu conte a Poliana.
— Bem, quero que a senhora nos faça o favor de agradecer a ela o bem que nos fez. Como sempre estava lá em casa, compreendeu

desde o início que mamãe era uma pessoa "diferente". Por isso, quero que ela saiba que mamãe agora está muito diferente do que era. Eu também fiquei diferente... aprendi a jogar aquele jogo... só um pouco, mas aprendi.

Paulina teve vontade de perguntar que história de jogo era aquela, mas a moça não a deixou falar:

— A senhora sabe, nada estava bem para mamãe... antes de a menina aparecer. Sempre queria o que não tinha e não gostava de ser criticada... Agora, tudo mudou! Ela me deixa abrir as cortinas, se interessa por mil coisas: pelos cabelos, por suas camisolas, por tudo. E já começou a fazer crochê para as crianças dos asilos. Isso é muito bom... E quem causou toda essa reviravolta? Poliana! Aconselhou mamãe a ficar contente por não ter os braços e as mãos imóveis... e mamãe perguntou de que adiantava isso. "Faça crochê, assim se ocupará com alguma coisa", foi o conselho da menina. A senhora nem imagina como o quarto está mudado, cheio de luzes e cores graças ao prisma que ela trouxe... presente de um senhor chamado Pendleton. O quarto era escuro que metia medo... Quero que a senhora diga a ela que tudo que aconteceu de bom em nossa casa foi por causa dela. Acho que ela vai ficar contente em saber... aquele anjo.

Milinha levantou-se para sair e perguntou:

— A senhora vai dar o recado?

— É claro que sim... — disse Paulina, preocupada em como resumir o recado sem torná-lo incompreensível.

As visitas de Milinha e Pendleton foram as primeiras de uma série. Os dois deixavam recados complicados: Paulina não entendia metade do que diziam.

Em certa tarde apareceu a vizinha, Benton. Paulina a conhecia ligeiramente. Sempre de preto e ensimesmada, era tida como a pessoa mais triste da cidade. Naquela tarde estava lacrimejante e trazia nos ombros um lenço cor-de-rosa. Perguntou pela saúde da menina e se podia visitá-la. Paulina fez um sinal negativo:

— Sinto muito, senhora Benton. O médico proibiu visitas. Talvez mais tarde…

A vizinha enxugou os olhos, foi até a porta e perguntou:

— Será que a senhora pode dar um recado a ela?

— Naturalmente, senhora Benton. Pode dizer.

A mulher pensou um pouco e falou:

— Diga que estou usando o lenço cor-de-rosa… — Vendo a surpresa de Paulina, acrescentou: — Ela queria que eu usasse vestidos com enfeites coloridos… E tanto insistiu que me convenceu. Acho que ela vai gostar de saber… Também disse que Frederico ia gostar… A senhora sabe, ele é "tudo" o que tenho na vida. Os outros já se foram todos, todos… Conte-lhe assim… Ela vai compreender… — E retirou-se.

Pouco depois apareceu outra viúva — pelo menos era o que aparentava. Paulina não a conhecia nem imaginava como a menina havia encontrado a criatura. Era a senhora Tarbell.

— A senhora não me conhece — disse —, mas sua sobrinha sim. Nós nos encontramos no hotel, no último verão, quando eu saía para dar um passeio. A menina é encantadora! Recordava-me a minha filha única, que perdi há tempos. A senhora não avalia o bem que Poliana me fez. Quando soube do acidente, senti que devia lhe fazer uma visita. Quero que a senhora diga a ela que estive aqui.

— Vou dizer, senhora… Muito obrigada.

— Diga a ela que a senhora Tarbell está muito contente agora. Não posso explicar, mas a menina vai entender. Desculpe as minhas maneiras e muito obrigada.

Surpresa e confusa, Paulina correu ao quarto da menina e perguntou:

— Poliana, você conhece alguma senhora Tarbell?

— Conheço e gosto muito dela. Mora no hotel, sabe? Anda sempre doente e por isso deve passear muito, fazer exercício. Nós passeávamos juntas… — A menina se pôs a chorar, lembrando-se do tempo em que "passeavam" juntas.

— Ela esteve aqui e deixou um recado. — Paulina sentiu outro nó na garganta. — Não explicou nada, apenas pediu que lhe dissesse que agora está muito contente.

— Disse isso? Que bom! — Poliana batia palmas, de novo contente.

— Que quis dizer ela com essas palavras?

— É o jogo que pa... — A menina não prosseguiu.

— Que jogo, Poliana?

— Não é nada, titia... Não posso explicar uma coisa sem tocar em outras... outras de que não devo falar.

Paulina esteve a ponto de pedir que ela esclarecesse de vez o assunto, mas desistiu ao olhar para o rosto pálido da sobrinha.

O mistério foi esclarecido algum tempo depois da visita da senhora Tarbell: Paulina descobriu por si mesma a espécie de jogo a que a menina sempre se referia. Foi no dia em que apareceu na casa uma loura de faces exageradamente coradas e de reputação pouco recomendável. Sua presença ali deixou Paulina furiosa: nem sequer lhe estendeu a mão, virando-lhe as costas.

Apesar disso, a moça, que certamente estivera chorando — notava-se isso pelos olhos vermelhos —, aproximou-se de Paulina e perguntou se podia ver a menina por um instante.

Em tom severo, Paulina disse que não. Mas a expressão da visitante fez com que acrescentasse, um pouco mais calma:

— São ordens do médico.

A moça hesitou um pouco e depois desabafou:

— Sou a senhora Tom Payson, todos me conhecem... Sei que falam mal de mim, mas não me importo. Talvez a maior parte do que dizem não seja verdade. Vim por causa da menina. Soube do acidente e fiquei triste. Ouvi dizer que ela não pode mais andar... e senti tanto que, se pudesse, eu lhe daria as minhas próprias pernas. Com elas, a menina faria mais caridade em uma hora do que eu em cem anos. Infelizmente, as melhores pernas nem sempre são dadas a quem melhor pode usá-las. Úteis ou não, todos nascem com elas.

A moça fez uma pausa para tomar fôlego e continuou:

— A senhora não sabe, mas eu estive com Poliana várias vezes. Moramos na estrada que leva à colina Pendleton e ela sempre aparecia lá em casa para brincar com as crianças ou apenas para me dar um "olá". Conversava comigo... e com o meu companheiro, quando ele estava em casa. Poliana parecia gostar de nós todos, com certeza ignorava que gente de sua classe não se dá com pessoas de minha condição. Mas sempre aparecia e acho que não se prejudicou com isso. Nós é que ganhamos muito. Ela não sabe o bem que nos fez, talvez nunca saberá.

A senhora Payson descansou um pouco e prosseguiu:

— Este ano foi difícil para nós. Chegamos a pensar em separação... eu e o meu companheiro. Estávamos prontos para tudo, até para abandonar as crianças... já que não sabíamos o que fazer com elas. Então aconteceu o acidente e nós passamos a recordar as horas em que ela ficava lá em casa, sempre alegre. Um dia nos falou do jogo do contente. E nos ensinou a jogar. Agora ouvimos dizer que ela não consegue mais jogar o seu jogo e que não encontra razões para ficar contente. Resolvi vir aqui. Queria dizer a ela que nós não vamos mais nos separar. Decidimos tentar jogar como ela nos ensinou. Sei que ela vai gostar... E quanto a nós... bem, não sei se o jogo vai adiantar muito, mas vamos tentar. Era o que ela queria que fizéssemos. Pode contar isso à menina?

— Vou contar, sim. — E, num impulso irresistível, Paulina estendeu a mão à mulher, dizendo: — Obrigada por ter vindo, senhora Payson.

A visitante perdeu o ar provocador e, com os lábios a tremer nervosamente, apertou a mão de Paulina. Logo se retirou, abafando um soluço.

Paulina foi então à cozinha e chamou Nancy. Tantas visitas, muitas desconcertantes, culminando com essa última, levavam Paulina à irritação.

— Nancy, quero que você me diga, agora mesmo, o que sabe desse tal "jogo" de que todos falam! Que tem minha sobrinha a ver com isso? Por que todos mandam recados, da senhora Snow até essa pouco respeitável senhora Payson, dizendo que estão jogando o "jogo"? Acho que metade da população da cidade resolveu de repente se enfeitar de cores alegres, viver em paz com a família, tudo por causa desse jogo maluco que Poliana inventou. Tentei pedir a ela que me explicasse, mas desisti porque ela não está em condições de explicar nada. Você anda metida nisso, Nancy. Diga-me o que sabe.

Para a surpresa de Paulina, Nancy começou a chorar.

— É que desde junho passado a abençoada menina andou fazendo a cidade inteira ficar contente — foi explicando Nancy, entre soluços —, e agora aconteceu o contrário: a cidade inteira quer fazer com que ela fique contente.

— Contente por quê?

— Contente, só isso. É do jogo.

— Você também? Que jogo, Nancy?

— Bem, o jogo foi inventado pelo pai da menina, no dia em que encontraram na caixa de donativos para a Missão um par de muletas em vez da boneca que ela esperava. Sendo ainda criança, a menina chorou muito. O pai então explicou que não existe mal algum que não tenha uma parcela de bem capaz de nos alegrar. Por isso, ela devia ficar contente com as muletas.

— Contente?! — exclamou Paulina, associando o par de muletas à sobrinha. — Como pode alguém ficar contente com muletas em vez de bonecas?

— Foi isso mesmo o que eu disse, quando a menina me contou a história. Ela também pensou o mesmo ao ouvir o pai lhe falar do jogo. Mas ele disse que ela podia ficar contente com as muletas por "não precisar delas".

Paulina só disse: "Oh!" E Nancy continuou:

— Assim nasceu a brincadeira. E o jogo, que consiste em se descobrir sempre um motivo de alegria em tudo de ruim que nos acontece, ficou sendo o "jogo do contente". A menina Poliana nunca mais deixou de jogá-lo.

— Como se joga isso? — indagou Paulina.

— O jogo sempre dá certo. — Nancy, com seu entusiasmo, lembrava Poliana. — A senhora não sabe o bem que ela fez quando passou uns dias lá em casa, espalhando felicidade e alegria entre a minha gente. Mamãe adora Poliana, e eu também. Uma vez ela me disse que eu devia ficar contente por não me chamar Hipólita, em lugar de ficar me lamentando por me chamar Nancy. Também me receitou um remédio para as manhãs de segunda-feira, que eu detestava e que hoje até me dão prazer.

— Contente com as manhãs de segunda-feira. Que tamanha bobagem...

— Sei que é bobagem, senhora Paulina, mas vou explicar. A menina descobriu que eu não gostava das manhãs de segunda-feira e então falou: "Nancy, você ainda vai ficar contente com as manhãs de segunda-feira, mais do que com qualquer outra manhã. Basta pensar que vai passar uma semana inteirinha antes que venha outra segunda-feira." Eu achei graça, mas era verdade. Agora, essas manhãs são as mais alegres que conheço.

— Por que Poliana nunca me falou do tal jogo? Não custava nada... Por que tanto mistério quando a interroguei?

Nancy hesitou. Mas, encorajada, disse:

— Desculpe, mas foi a senhora mesma que a proibiu de falar no pai dela. A menina não sabe explicar o jogo sem antes falar no pai, que o inventou.

— É isso! — Paulina mordeu os lábios, e Nancy continuou, emocionada:

— Ela tentou lhe dizer tudo, mas não teve estímulo. No começo, procurou parceiros para jogar... e teve de se contentar comigo, na falta de outros.

— E como as demais pessoas aprenderam?

— Bem, ela foi ensinando a muita gente e quem aprendia passava adiante. Ela vivia rindo e brincando com todos, mesmo com os mais carrancudos. E aí estão todos desejando que ela encontre um meio de ficar contente, mesmo naquela cama.

— É verdade... E eu sei de uma pessoa que daqui por diante vai aprender esse jogo — disse Paulina com um soluço, retirando-se da cozinha.

Nancy arregalou os olhos e murmurou para si mesma:

— É... nada existe de impossível neste mundo... Até ela... a senhora Paulina Harrington...

Quando, mais tarde, a enfermeira saiu, Paulina ficou sozinha com Poliana:

— Hoje você teve outra visita, querida. Foi a senhora Payson. Lembra-se dela?

— Claro que me lembro. Mora perto do senhor Pendleton e tem um lindo menino de três anos e outro de quase cinco. Gente boa... ela e o marido. Cada um, porém, ignora a bondade do outro, e por isso brigam muito. São pobres, não têm o consolo de receber uma caixa de donativos de vez em quando... porque o marido não é missionário como... como... — A menina falava, e Paulina ia ficando cada vez mais envergonhada. — A senhora Payson tem lindos vestidos, apesar de pobre. E muitos anéis de brilhantes, esmeraldas e rubis. Fala sempre que vai deixar o marido, só que não acredito. E como ficarão as crianças se eles se separarem? É um caso triste, não acha, tia Paulina?

— Ninguém vai se separar, minha filha — disse a tia, satisfeita. — Os dois já se entenderam e desistiram da separação.

— É mesmo? Fico muito contente com isso. Assim poderei encontrá-los quando... Oh, tia Paulina! — A menina caiu em depressão, lembrando-se de que nunca mais ia poder andar.

— Calma, Poliana. Você vai ficar boa e brincará novamente com os filhos da senhora Payson. Ela me falou que vão jogar o jogo exatamente como você ensinou.

Poliana sorriu entre lágrimas.

— Ela também disse que você ficaria contente em saber da novidade.

Demonstrando surpresa, Poliana ergueu os olhos para a tia e exclamou:

— Como assim?! A senhora também conhece o jogo? Fala como se já soubesse! É verdade?

— Sim, querida. Nancy me contou tudo e ensinou-me esse lindo jogo. Agora, quem vai jogar com você sou eu.

— Jogar com a senhora? Estou tão contente, titia! Era o que eu mais queria... e consegui.

— Nós todos vamos jogar. — Paulina procurou dominar-se, pois a voz queria traí-la. — Nós todos, até o pastor. Encontrei-o outro dia na cidade. Perguntou por você e disse que virá visitá-la logo que lhe for possível recebê-lo. Quer agradecer o que você contou sobre os oitocentos textos alegres da Bíblia. A cidade inteira já está jogando e todos se sentem felizes. Sabe por quê? Um anjo veio do céu para ensinar às pessoas o caminho da felicidade.

— Como estou contente, titia! — exclamou a menina, e seu rosto iluminava-se como se tocado por uma réstia de luz. — Descobri agora um motivo para ficar contente. Não poderia ter feito o que fiz se não "tivesse tido" pernas!

Capítulo 29
Pela janela aberta

Os dias curtos do inverno foram passando. Para Poliana, não muito curtos, pelo contrário, eram-lhe penosos os longos dias de sofrimento. A menina, embora relutante, não se entregava e aos poucos fazia renascer na alma a mesma alegria de antes. Poder jogar com a tia era uma felicidade! E Paulina vivia a descobrir no jogo "alegrias" que Poliana nunca tinha imaginado. Como aquela história da velhinha que só tinha dois dentes e dizia a todos que se sentia feliz com o fato de os dois dentes corresponderem certinhos, um em cima, outro embaixo.

A menina fazia crochê como a senhora Snow e, quanto mais as agulhas compunham lindos desenhos, mais alegre ela ficava por ter mãos tão ágeis.

O médico já autorizara as visitas. Assim, podia conversar de vez em quando com os amigos. E, se não havia visitas, não faltavam bilhetes e recados que lhe deixavam contente.

Certo dia o senhor Pendleton apareceu, e por duas vezes viu Jimmy Bean. Pendleton contou que se entendia perfeitamente com o Jimmy e o rapazinho lhe disse que achava o senhor Pendleton excelente, que sua casa era maravilhosa, que podia chamar de "sua" casa porque, como filho adotivo do dono, a casa também era sua. E todos admitiam que o milagre tinha sido obra de Poliana.

— Oh! — exclamava a menina. — Estou contente de "ter tido" pernas!

O inverno se foi e chegou a primavera.

A esperança de que a menina melhorasse com a mudança de estação desapareceu. Não houve melhora, e isso fez aumentar o receio de que não se curasse jamais.

A cidade se mantinha informada sobre tudo que dizia respeito à menina. Particularmente, um de seus habitantes mostrava-se mais interessado pela saúde de Poliana. Como os dias se passavam e uma notícia animadora não surgia para tirá-lo da ansiedade, sua expectativa tornou-se insuportável e ele decidiu oferecer seus conhecimentos e préstimos na tentativa de lutar contra a misteriosa doença de Poliana. Assim, certa manhã o senhor Pendleton recebeu a visita do doutor Chilton.

— Pendleton — começou o médico —, vim aqui, meu amigo, porque você melhor do que ninguém nesta cidade sabe o que houve entre a senhora Harrington e eu.

De fato, John Pendleton era um dos poucos que conheciam o "mistério" existente entre Paulina Harrington e Tomás Chilton, havia 15 anos.

— Sim, eu sei... — Pendleton procurou falar com a simpatia que a situação exigia, embora a ansiedade do doutor não o fizesse perceber sua disposição.

— Por favor, Pendleton! Preciso ver a menina. Preciso examiná-la.

— E por que não faz isso?

— Sabe que não posso. Há mais de 15 anos não entro naquela casa. Paulina me disse que se algum dia me chamasse isso significaria pedido de perdão, e tudo voltaria a ser como antigamente. Conto-lhe isso agora. Pelo amor de Deus, faça com que ela me chame! Por amor à menina...

— Ora, esqueça o que aconteceu e vá até lá.

— Não posso. — O doutor franziu a testa. — É uma questão de orgulho.

— Se está tão preocupado com a saúde da menina, ponha de lado o orgulho... esqueça o que aconteceu e vá!

— Não estou falando da espécie de orgulho a que você se refere. Este nada me impediria de ir até lá e pedir entrada de joelhos. Trata-se de "orgulho profissional". O outro orgulho de nada vale. É um caso de doença... e eu sou médico. Acontece que não posso aparecer lá e gritar: "Chamem o doutor Chilton, pelo amor de Deus!"

— Chilton, como foi a briga? — perguntou Pendleton, de repente.

— Briguinha de namorados, discussão sobre o tamanho da lua ou a profundidade do rio Amazonas... bobagens que nos custaram anos de solidão. Mas o que importa, agora, é a menina. Preciso vê-la. Acho que tenho nove probabilidades, em dez, de curá-la. É o meu único objetivo.

— Curar Poliana! Fazê-la andar de novo! — exclamou Pendleton, atônito. — Será que o milagre pode acontecer?

— Acho que sim, pelo que conheço da doença. O caso tem semelhança com outro, que um colega tratou depois que os especialistas o deram como perdido. Preciso vê-la!

— Será que você não pode falar com o doutor Warren? — perguntou Pendleton, andando de um lado para o outro.

— Creio que não. Warren já sugeriu que me chamassem, mas Paulina não concordou... e ele não voltou ao assunto. Além disso, alguns dos melhores clientes de Warren passaram a ser meus pacientes. Preciso de ajuda, Pendleton. Pense no que pode significar a minha intervenção para a menina.

— Eu penso também no que significará para todos nós se você não cuidar do caso...

— Tenho que ser chamado por Paulina. E ela nunca fará isso.

— Tem de chamar, ora! Ainda que seja forçada.

— Como?

— Não sei... mas tem que chamá-lo.

— Ninguém sabe. O orgulho dela é maior que tudo... E pensar que a menina ficará condenada à invalidez, quando conheço os meios de salvá-la... Minha situação é horrível! Chego até a odiar esse orgulho profissional!... — E, com as mãos enfiadas nos bolsos, o doutor Chilton andava de um lado para o outro, parecendo um tigre enjaulado.

— E se alguém falar com ela?

— Quem?

— Não sei...

O garoto Jimmy Bean, que tinha ouvido toda a conversa entre os dois, surgiu de repente, como que impelido por uma ideia salvadora:

— Querem saber quem? — Ele mesmo respondeu: — Eu! Jimmy Bean! E agora mesmo!

E disparou em direção à casa da senhora Harrington.

Capítulo 30
Jimmy em cena

Nancy anunciou da porta:

— É Jimmy Bean e quer falar com a senhora.

— Comigo? — Paulina ficou surpresa. — Deve ser uma visita para Poliana. Diga a ele que pode vê-la por alguns minutos.

— Já disse, patroa, mas o menino falou que é com a senhora mesma que quer falar.

— Está bem, vou descer. — Paulina ergueu-se da cadeira com um suspiro para, em seguida, encontrar Jimmy na sala de espera, ainda corado pela corrida.

— Senhora Harrington, o que estou tentando fazer pode não ser muito correto, mas não vejo outra solução. É para o bem de Poliana, e por ela sou capaz de andar em cima de brasas ou... enfrentar a senhora. E tenho certeza de que a senhora faria o mesmo para o bem dela. Por isso estou aqui... Vim dizer que o que está atrapalhando a cura de Poliana é o "orgulho profissional"...

— O quê? — Paulina não conseguia entender o que o menino falava.

— Isso mesmo, "orgulho profissional". Ouvi os dois conversando.

— Os dois? De quem está falando?

— Falo do senhor Pendleton e do doutor Chilton.

Paulina corou com a menção ao doutor Chilton, e Jimmy continuou:

— Queria que a senhora tivesse ouvido o que os dois conversavam. Eu estava no jardim e, como a janela estava aberta, pude ouvir tudo!

— Isso não é direito, Jimmy! Ouvir a conversa alheia...

— Ouvi por acaso... não sou surdo. Como falavam de Poliana, prestei mais atenção... A senhora sabe como gosto dela. Acho que fiz bem em ouvir, pois foi descoberto o meio de fazê-la voltar a andar.

— O que está dizendo, menino? — Paulina se mostrou mais interessada.

— É isso mesmo... andar de novo, curar-se! Foi o que o doutor disse, o doutor que conhece outro doutor que teve um caso igualzinho ao de Poliana... Mas, antes, ele precisa ver Poliana, sabe? E não pode fazer isso porque a senhora não concorda, percebe?

— Mas, Jimmy... eu... — Paulina tinha o rosto em brasa. — Eu não sei do que está falando. — E começou a torcer as mãos como quem está indecisa.

— Vim correndo para lhe dizer isso. O doutor Warren disse ao doutor Chilton que ouviu, não sei por que motivo, a senhora dizer que não permite que ele venha até aqui, e sem ser chamado ele não pode vir. Deve ser por causa do tal "orgulho profissional". Então, pensei: "Se ninguém se anima a tomar a iniciativa, vou eu." E vim correndo falar com a senhora.

— Está bem, Jimmy. E o tal doutor? Onde ele está? Será que ele pode curar a menina?

— Isso eu não sei, não o conheço. O doutor Chilton só sabe que ele curou um caso semelhante ao de Poliana. Agora, é com a senhora. É só pedir ao doutor Chilton que venha aqui.

Paulina não sabia o que fazer ou responder, quase em prantos. Fez um supremo esforço e conseguiu dizer:

— Está bem. Eu deixo, quero que o doutor Chilton venha agora mesmo. Vá buscá-lo, Jimmy. Depressa! Traga o doutor Chilton.

Jimmy não esperou segunda ordem. Disparou como havia chegado, enquanto Paulina saía à procura do doutor Warren. O médico espantou-se ao vê-la tão transtornada, e ainda mais quando a ouviu dizer:

— O senhor me pediu uma vez para chamar o doutor Chilton, e eu me recusei. Agora, quero que ele venha. Por favor, telefone a ele e peça para vir sem demora.

Capítulo 31
Um novo tio

Quando o doutor Warren entrou no quarto de Poliana, ela estava como sempre, encolhida na cama observando as cores que deslizavam na parede, harmoniosas como dançarinas. Um homem de ombros largos vinha com ele e ao vê-lo a menina arregalou os olhos:

— É o senhor, doutor Chilton! Que milagre! Quer dizer… — Os presentes sentiram vontade de chorar em face da alegria da menina, que continuou, lembrando-se da aversão que a tia sentia em relação ao doutor: — Mas… se o senhor está aqui é porque…

— Isso mesmo, querida — interrompeu Paulina, como se tivesse adivinhado o seu pensamento. — De agora em diante o doutor Chilton e o doutor Warren vão cuidar de você. Eu mesma chamei o doutor Chilton.

— A senhora!? Meu Deus, como estou contente!

— Sim, minha querida, fui eu…

Era tarde para recuar. A confissão saíra da boca de Paulina, e ao ouvi-la, o doutor Chilton teve o semblante iluminado por um clarão de alegria. Paulina percebeu tudo e, corada até a raiz dos cabelos, deixou o quarto, transtornada.

A enfermeira conversava com o doutor Warren, e Chilton segurava as mãozinhas de Poliana, dizendo com emoção:

— Olhe, menina. Acho que hoje realizou o maior milagre de sua vida!

À tarde, depois que os médicos saíram, apareceu no quarto uma outra Paulina — trêmula e comovida. Como a enfermeira tinha ido jantar, as duas ficaram sozinhas.

— Poliana, querida, vou contar tudo! As coisas mudaram muito, e qualquer dia desses você vai receber um presente… um tio! O doutor Chilton vai ser… seu tio! Estou tão contente, Poliana! E feliz! Devo tudo isso a você, minha querida.

Poliana se pôs a bater palmas e de súbito perguntou:

— Então era a senhora, titia? Era a senhora a "mão de mulher" que ele andava procurando? Era, sim! Já descobri! Foi por isso que ele me disse que eu tinha feito o maior milagre de minha vida. Tia Paulina, estou muito contente, tanto que nem me importo mais com minhas pernas!...

Paulina soluçava:

— Escute, minha filha. Um dia desses...

Não continuou, na dúvida se devia ou não contar à menina a grande esperança que o doutor alimentava, talvez aquele não fosse o momento apropriado. Tratou de mudar de assunto:

— Qualquer dia desses vamos sair daqui. Vamos viajar, querida. Você também vai em sua cadeirinha de rodas, num carro grande. Vamos procurar um doutor famoso que tem feito curas impressionantes. Ele é amigo do doutor Chilton e vai cuidar de você, querida Poliana. Isso a deixa contente?

Capítulo 32
Poliana escreve

Caro tio Tom, querida titia:

Eu já posso andar! Isso mesmo, graças a Deus! Hoje dei seis passos, da cama até a janela, ida e volta! Seis passos! Não é maravilhoso poder usar as pernas novamente?!

Os médicos que estavam ao meu redor sorriam, e as enfermeiras choravam. Uma senhora, do quarto ao lado, veio me ver, e outra, que espera andar no mês que vem, também apareceu em sua cadeira de rodas. Até Tila, aquela que lava o chão, espiava da janela, e eu vi que me abençoava, com lágrimas nos olhos.

Não sei por que choravam. Seria melhor que estivessem rindo, gritando de alegria! Já pensaram? Andar, andar! Não me importo se tiver de ficar aqui por mais tempo, só não quero perder a festa do casamento, a menos que a senhora e o tio concordem em se casar no meu quarto, ao lado da minha cama... Só quero ver!

Acho que logo poderei voltar para casa, é o que todos dizem. E nunca mais perderei tempo andando de carro — seja charrete, carruagem ou automóvel. Quero andar a pé, só a pé! Andar com os meus próprios pés e pernas. Estou contente! Contente com tudo. Contente até por ter ficado sem pernas por algum tempo para dar valor. Quem nunca as perdeu não pode, nem de longe, avaliar como é bom tê-las de volta. Pernas! Pernas! Pernas!

Amanhã vou dar oito passos! Oito passos, já imaginaram?
Com montanhas de amor para vocês todos,

Poliana.

Sobre a autora

Eleanor Hodgman Porter nasceu em 1868, em Littleton, Estados Unidos, e faleceu em 1920. Estudou no Conservatório de Música de Nova Inglaterra e casou-se com John Lyman Porter. Sua primeira novela, *Correntes cruzadas*, foi publicada em 1907, com grande sucesso, e no ano seguinte, *A maré*. *Miss Billy* e *A decisão de Miss Billy,* romances sentimentais, alegres e jovens, tiveram grande repercussão popular. Seus romances alcançaram grande êxito, mas nenhum deles conseguiu despertar tanta atenção em todo o mundo como *Poliana* e *Poliana moça*, com mais de um milhão de exemplares vendidos na época em que foram lançados.

Desencadearam nos Estados Unidos e no mundo uma impressionante onda de esperança, otimismo, boa vontade e sensibilidade às questões alheias.

Hotéis, restaurantes, casas de chá, lojas e crianças tiveram o nome de Poliana por causa da menina — e depois moça — que simbolizava a bondade, a capacidade de vencer obstáculos.

Ainda hoje, passados tantos anos, essas obras permanecem um sucesso singular, pois a intemporalidade delas fazem-nas leituras obrigatórias.

Conheça os títulos da
Coleção Clássicos para Todos

A arte da guerra, Sun Tzu

A arte de ter razão, Arthur Schopenhauer

Como se tornar um líder, Plutarco

Macunaíma, Mário de Andrade

Memórias póstumas de Brás Cubas, Machado de Assis

O cortiço, Aluísio Azevedo

O príncipe, Nicolau Maquiavel

Poliana, Eleanor H. Porter

Direção editorial
Daniele Cajueiro

Editor responsável
André Seffrin

Produção editorial
Adriana Torres
Laiane Flores
Mariana Lucena

Revisão
Rita Godoy

Capa
Sérgio Campante

Diagramação
Douglas Kenji Watanabe

Este livro foi impresso em 2022
para a Nova Fronteira.